TRAITÉ

DE

PRONONCIATION

PAR

Auguste LAGET

Lauréat pour le violoncelle, le chant et la déclamation
Ex-artiste du théâtre de l'Opéra-Comique
Membre de la Société des Concerts (Paris)
Professeur de solfège au Conservatoire de musique de Toulouse
Membre correspondant de la Société littéraire et artistique de Béziers

Prix : 1 fr. 50

TOULOUSE

GARDEVILLE, LIBRAIRE, | CHEZ L'AUTEUR
Avenue Lafayette, 7. | Rue du Rempart Matabiau, 31.

1883

TRAITÉ

DE

PRONONCIATION

TOULOUSE. — IMPRIMERIE A. CHAUVIN ET FILS, RUE DES SALENQUES, 28.

TRAITÉ

DE

PRONONCIATION

PAR

Auguste LAGET

Lauréat pour le violoncelle, le chant et la déclamation,
Ex-artiste du théâtre de l'Opéra-Comique,
Membre de la Société des Concerts (Paris),
Professeur de solfège au Conservatoire de musique de Toulouse,
Membre correspondant de la Société littéraire et artistique de Béziers.

TOULOUSE

CAPDEVILLE, LIBRAIRE, | CHEZ L'AUTEUR,
Avenue Lafayette, 7. | Rue du Rempart-Matabiau, 31.

1883

DÉDIÉ

A Mme GIESSLER, MA FILLE

PRÉFACE

A un moment donné, nous avions pris l'enga-
gement de ne plus toucher une plume; de ne
plus écrire dans aucun recueil, et de ne publier
désormais ni brochures ni livres; mais à la première occasion, nous nous sommes laissé entraî-
ner par notre vieille habitude; et nous voici aux
prises avec une besogne qui n'a rien d'attrayant,
et à laquelle néanmoins nous nous livrons avec
plaisir, parce que nous avons l'espoir que notre
travail sera utile non seulement aux élèves qui
fréquentent les cours de déclamation, mais encore aux gens du monde.

Certes, on a publié bien des traités de prononciation, mais aucun n'a atteint complètement le
but que leurs auteurs avaient en vue.

Serons-nous plus heureux? Nous n'osons l'affir-
mer, car il est bien difficile, sinon impossible,
avec des signes seulement, de faire comprendre

de quelle manière on doit prononcer tel ou tel vocable.

La prononciation, l'articulation, et la prosodie, qui sont l'essence même du *bien dire*, s'apprennent difficilement dans un livre, tandis que dans la récitation à haute voix, et en s'exerçant sous la direction d'un bon maître, l'on parvient en peu de temps à parler correctement.

Par une anomalie regrettable, une foule de jeunes gens se livrent à l'étude des langues étrangères, qu'ils ne parleront peut-être jamais, et ils négligent l'étude de la langue française, qu'ils doivent parler toujours.

Pour expliquer et bien faire comprendre par le raisonnement ce que nous avons à dire, est-il absolument besoin d'écrire un gros livre? Nous ne le pensons pas; une brochure suffira; car, ce que nous reprochons précisément aux spécialistes qui nous ont devancé, c'est d'avoir noyé une foule d'excellents préceptes dans un fatras d'explications, de remarques, d'exceptions et de renvois.

Les éléments de la science sont difficiles et rebutants; les heures du travail sont longues et froides, et les élèves ne sont que trop disposés à ne point étudier; aussi, est-ce rendre un véritable service à la jeunesse que de lui faciliter les moyens de s'instruire en élaguant les superfétations et les détails parasites que l'on remarque dans la plupart des traités de prononciation et des ouvrages qui parlent de ces matières.

En présence d'une pareille logomachie, les méridionaux, particulièrement, sont désorientés, car leur défaut, à eux, c'est de parler le français avec l'accent de la langue d'Oc. Partant, pour s'exprimer correctement, ils doivent au préalable apprendre une foule de règles qui, le plus souvent, sont illogiques et manquent de précision.

Depuis les Bouches-du-Rhône jusqu'au fond du Médoc, y compris quelques départements du centre, presque tous les habitants font entendre des *a* et des *o* aigus pour des *à* et des *ó* graves; les voyelles nasales leur sont pareillement inconnues; les *h* aspirées ne sont pas assez fortement exprimées, et souvent même elles ne le sont pas du tout, etc., etc.

Or, cet opuscule est spécialement écrit en vue de corriger l'accent gascon, et de signaler aux écoliers les locutions vicieuses qui ont cours dans le midi de la France.

Maintenant, jeunes élèves, à l'œuvre! et n'oubliez pas que la gymnastique des mots chez l'orateur est aussi difficile que la gymnastique des sons chez le chanteur.

Auguste LAGET.

Château de Pey-de-Pont (Médoc), le 20 septembre 1882.

TRAITÉ

DE

PRONONCIATION

PREMIÈRE PARTIE

CHAPITRE PREMIER.

LOI DES PÉNULTIÈMES.

Dans les terminaisons féminines, la voyelle pénultième, que celle-ci soit aiguë ou grave, la voyelle pénultième, disons-nous, est toujours longue. Ainsi le veut l'*accent tonique.*

EXEMPLES.

Grâce, trace ; évéque, grecque ; dime, lime ; Drôme, Rome ; flûte, lutte.

Toutefois, l'accent tonique primant l'accentuation

grammaticale, la loi des pénultièmes n'est pas inflexible ; elle se prête, au contraire, à des accommodements, selon que le repos de la voix a lieu sur un vocable ou sur un autre. Tel est ici le cas :

« L'*homme br*Ave n'est pas toujours un *brave h*Omme.

Un *brave h*Omme n'est pas toujours un *homme br*Ave.

Les mots *brave* et *homme* dans ces deux phrases ont deux accentuations différentes, et ils les tiennent uniquement de leur position (1). »

Cette règle, — la grande règle qui régit les pénultièmes, — est applicable à une infinité de mots, et, bien comprise, mise en pratique avec intelligence, elle aplanit considérablement les difficultés de la prononciation française : c'est pourquoi, vu son importance, nous l'avons placée en tête de cet opuscule, lui assignant ainsi la place d'honneur.

A propos de la règle qui précède, qu'il nous soit permis de raconter une petite anecdote qui nous est personnelle.

Reçu pensionnaire au conservatoire de musique de Paris, nous fûmes admis l'année suivante dans la classe d'opéra-comique, où, lors du premier examen trimestriel, présidé par Chérubini, nous jouâmes la troisième scène du *Chalet*, qui débute ainsi : « J'ai là sa lettre, j'ai sa promesse, etc. »

Tout alla bien d'abord ; mais vers la fin du monologue, notre maître de chant, Ponchard, qui faisait partie du jury, nous arrêta net à ce passage : « Ça fera une jeune femme (*Bettly*) ! la plus jolie ! la plus *gracieuse...* »

(1) P.-C. Pontis.

— Comment! exclama Ponchard, voilà un élève qui est né sur les bords de la Garonne, et il vient nous débiter une scène dans laquelle il est obligé de patoiser, mam'selle par-ci, mam'selle par-là, voire même de supprimer les liaisons pour ajouter à la couleur locale? Il fallait nous le présenter dans une scène écrite en pur français.

— En pur français! répliqua notre professeur de déclamation; je lui ai fait apprendre une scène dans la mesure de ses dispositions naissantes.

Ponchard nous portait de l'intérêt, nous lui avions été particulièrement recommandé; aussi il fallait voir avec quelle chaleur il défendait notre cause.

Etions-nous donc si coupable? A cette époque, nous n'avions jamais entendu parler de *la loi des pénultièmes*, et puisque l'*a* était grave dans le radical « grâce », nous en avions inféré qu'il devait l'être aussi dans le dérivé « gracieuse. » De là, la faute de prononciation que nous venions de commettre, et que tant d'autres commettraient sans doute après nous, si nous ne prévenions le lecteur que le dérivé a presque toujours une articulation différente de celle du radical (1) : *esclăve* et *esclăvăge, grâce* et *grăcieuse, jeûne* et *déjeŭner, infâme* et *infămie, lâche* et *lăcheté*, etc.

Ces métamorphoses des voyelles graves en voyelles aiguës, et qui, de pénultièmes qu'elles étaient dans le radical, deviennent antépenultièmes dans le dérivé,

(1) Ce signe ‿ indique les syllabes brèves et aiguës, en timbre clair, et celui-ci - les syllabes longues et graves, en timbre sombre.

induisent souvent en erreur et provoquent bien des fautes de prononciation. Le lecteur est averti ; qu'il y prenne garde !

CHAPITRE II.

DE L'ACCENT AIGU, DE L'ACCENT GRAVE ET DE L'ACCENT CIRCONFLEXE.

Il y a, grammaticalement, trois sortes d'accents, savoir : l'accent *aigu*, l'accent *grave* et l'accent *circonflexe* : ils se placent sur les voyelles *à, á, é, è, ê, î, ô, û.*

Il y a aussi le *tréma*, qui est également un signe d'accentuation, et qui se met sur les voyelles *ë, ï, ü,* lorsque, venant après une autre voyelle, elles doivent être prononcées séparément. Exemples : *Sa - ül, Dana - ï - des, na - ïf,* etc.

Enfin, il y a la *cédille,* inventée par les Espagnols, et *l'apostrophe,* qui servent encore à fixer la prononciation de certains mots.

La *cédille* est une espèce de petite virgule qu'on met sous la lettre *c* devant les voyelles *a, o, u,* pour indiquer qu'elle doit être prononcée comme une *s* dure : *François, façon, leçon,* etc.

L'apostrophe indique l'élision d'une voyelle : *l'envie, l'opinion, l'humanité,* etc.

Ces signes (l'accent aigu, l'accent grave, l'accent circonflexe), qui, dans les langues anciennes, marquaient uniquement l'accent ou l'intonation des syllabes longues et brèves, ne sont plus dans notre langue que de purs signes *orthographiques* destinés tantôt à indiquer les diverses manières de prononcer certaines voyelles, tantôt à distinguer un mot d'un autre qui s'écrit de même.

Pour donner à chaque mot et à chaque syllabe le son qui lui est propre, il faut ouvrir ou fermer plus ou moins la bouche ; or, c'est précisément cet exercice de l'ouverture buccale qui, mal exécuté, donne naissance à l'accent gascon, à l'accent normand et à une foule d'autres tout aussi désagréables.

Nous allons donc nous attacher à bien faire comprendre en quoi consiste cette gymnastique.

Dès qu'on parle *correctement*, comme à Tours ou à Blois, par exemple, l'émission de la voix se manifeste tantôt en timbre *clair*, tantôt en timbre *sombre*, selon les exigences du langage.

Le timbre clair se produit en laissant la bouche dans sa position naturelle ; le timbre sombre, au contraire, s'obtient en abaissant la mâchoire inférieure, et en donnant à la bouche une position perpendiculaire très marquée.

Ceci bien établi, nous dirons que le timbre clair, soit en parlant, soit en chantant, est applicable aux sons brefs et aigus, tandis que le timbre sombre est applicable aux sons longs et graves.

CHAPITRE III.

EXERCICE SUR L'*a* AIGU, EN TIMBRE CLAIR.

L'*a* initial est toujours aigu, excepté dans huit mots : *â, âcre, âge, ah ! âme, âne, âpre, as* et leurs dérivés.

Au milieu des mots, le son de l'*a* est tantôt aigu,
tantôt grave, et c'est là précisément, pour les méridionaux, l'une des grandes difficultés de la prononciation
française.

A la fin des mots, l'*a* est toujours aigu, et se prononce en timbre clair.

Accaparer, acacia, académie, accompagnateur, admirable, agacer, almanach (*almana*), arc, arracher,
aspic, avŏcăt.

Bac, bagage, baladin, barbare, baraque, barrage,
bastingage, bayadère, bazar, biographe, brave.

Cabaret, catafalque, catalogue, carapace, caravane,
chatte, colback, contrarier, coupable, courageux,
cravate.

Dada, *da-capo*, dalmatique, dame, Danaïde, datte,
décapiter, désagréable, dramatique.

Encourager, entr'acte, envahir, escapade, esclăvăge,
Espăgne, estomac (*ma*).

Fabrique, façade, face, fagot, farine, fataliste, favori.

Gageure (*jure*), galerie, gamme, ganache, gare, gavotte,
gélatine, grade, grăcieuse, grammaire, grave.

Habillage, halluciné, hamac, harmonie, harpe, Harpa-
gon, hasard, hiatus, hiérarchie.

Icare, image, infămie, inhabitable, irréparable, inva-
lide, Italie.

Jabot, Jacob, jargon, jarretière, jatte, javelot, journal,
justiciable.

Kabyle, kakatoès (*toua*), kaléidoscope, kilogramme.

Labeur, lac, lâcheté, ladre, lagune, laitage, lame, laté-
    ral, lavage, litanies, littoral.

Macaroni, Madrid, mage, madame, mademoiselle, ma-
    riage, marivaudage, mascarade, modalité, mon-
    tagne, morale.

Nabab, nasal, natal, nature, naufrage, navigable, né-
    vralgie, Niagara, notariat.

Oasis, obstacle, octavin, oracle, organiste, orage, otage,
    outrage.

Pacage, palatin, patte, patinage, pavage, pédale, per-
    suader, pharmacien.

Quadrille, qualité, quatre, qui-va-là ? quasi (*cazi*).

Rabattre, race, raccommodage, rage, ramage, rivage,
    rosace.

Sac, sarbacane, scarabée, sage, salade, sparadrap,
    Staël (*Stal*), stagnant (*stag-nan*), stratagème,
    suave.

Tabac (1), table, tache, trace, tamarin, tapage, tara-
    buster, télégraphe.

Ultramontain, unanime, Uranus, usage, usurpateur.

Vacarme, vache, vagabond, valable, visage, vivace.

Yacht, yuca.

Zagaie, zigzag, zingage, zodiaque.

      Etc., etc.

Remarque. — Nous avons dit, dans le chapitre précédent, que l'accent circonflexe était particulièrement
un signe orthographique. En voici la preuve :

---

(1) *Tabac* (taba ; au pluriel, des tabâ ; le *c* se lie : du ta-ba-k
à priser). Littré.

« L'*accent circonflexe* qui se trouve dans les cinq
mille verbes de la première conjugaison, à la première
et à la deuxième personne du pluriel du passé défini,
et à la troisième personne du singulier de l'imparfait
du subjonctif, n'influe en rien sur la prononciation de
cette voyelle, qui reste toujours aiguë et claire (1). »

C'est pourquoi les *à* enclavés dans les trois temps
des verbes en question sont aigus et doivent se prononcer en timbre clair : Nous *allâmes*, vous *allâtes*,
qu'il *allât*; nous *chantâmes*, vous *chantâtes*, qu'il *chan-
tât*, etc., etc.

CHAPITRE IV.

EXERCICE SUR L'*a* GRAVE, EN TIMBRE SOMBRE.

A, âcre, âge, āh ! âme, âne, âpre, ās.
Bâcler, bāh ! bāron, bāsse-tāille, bâtard, bāsson, bâtir,
  bâton, blâmer, brās.
Câble, cādre, cădāvre, cārrŏsse, cās, cāsser, chālet,
  château, châtier, clāsse, coutelās, crābe, crâne.
Dāmnātion, débâcle, débāt, déclāmer, déclāssé, dégāt,
  diāble.
Ecrāser, empâter, emplâtre, esclāve, espâce (2).
Fāble, fâcher, Figārō, flamme, fātrās.
Gâchis, gāgner, gâteau, gāze, grâce, grās.
Hâbleur, hāillon, hâter, Hāvre, hāve, hélās !

(1) Morin de Clagni.
(2) La prononciation de ce mot est douteuse. Bien des personnes, avec M. Littré, prononcent *espăce*.

Idolâtre, indicâtion, infâme.

Jăcques, jădis, Judās, justificâtion.

Lâche, lās ! lāssitude, lilās.

Mâcher, mâchoire, Mâcon, măçon, mâle, mât, mārraine, mărron, mâtin (*chien*), mirācle.

Năvré, nătătion, Nicŏlās.

Observâtion, ordinâtion, orgănisâtion, ŏccāsion.

Pâleur, pâquerette, Pâques, pāssé, pāssion, pâté, pâtissier, pâtre, phrāse, plâtre.

Rabâcher, răclée, răilleur, râler, râpe, râre, rāser, râ-
teau, réclāmer, relâche, repās.

Săbbăt, săble, săbre.

Tâcher, tăilleur, tāsse, tâter, Thŏmās, tŏpāze, trépās.

Vāse (*ustensile*), verdâtre, verglās.

Etc., etc.

Sont également graves tous les *a* qui précèdent les terminaisons en *tion* ou *sion*, comme, par exemple :

Administrātion. Béătificātion. Considérātion. Déclă-
mātion. Evăluātion. Făbricātion. Générātion. Humiliā-
tion. Invāsion. Justificātion. Lămentātion. Mănipulā-
tion. Nătātion. Occāsion. Persuāsion. Quălificātion.
Rātion. Sălutātion. Tentātion. Unificātion. Vărīātion. Etc.

Sont encore graves les *a* formant l'*accent tonique* des substantifs dont la terminaison est en *aille*, comme, par exemple :

Anticăille, bătăille, căille, écăille, făille, grisăille, măille, ouăille, păille, ripăille, tăille, Versăilles, Xain-
trăilles, etc., etc.

Au contraire, l'*a* est aigu et se prononce en timbre clair dans *médaille*, je *détaille*, j'*émaille*, je *travaille*,

que j'*aille*, que tu *ailles*, qu'il *aille*, qu'ils *aillent*, etc.
L'on dit aussi, en timbre clair : *Văille que văille*.

Enfin, l'*a* est grave et se prononce en timbre sombre dans tous les mots dont la terminaison est en *âtre*, comme, par exemple :

Acăriâtre, albâtre, amphithéâtre, âtre, blanchâtre, bleuâtre, emplâtre, folâtre, grisâtre, idolâtre, jaŭnâtre, mărâtre, mulâtre, noirâtre, olivâtre, opiniâtre, pâtre, rougeâtre, roussâtre, théâtre, verdâtre, etc.

CHAPITRE V.

EXERCICE SUR L'O AIGU, EN TIMBRE CLAIR.

Le son de l'*o* aigu se produit naturellement, avec une ouverture moyenne de la bouche.

EXERCICE.

Accrocher, accord, acolyte, adorable, apologue, approcher, astrologue, astronomie, aurore, autonomie.
Bloc, bord à bord, Bordeaux, borne, botte, broche, brocoli.
Choc, cloche, coche, cocotte, code, cohorte, colonie, colorer, coq, coquin, cor, corbeau, corde.
Décor, décolleter, dévorer, domicile, domestique, Dordogne, doreur, dorloter, dot.
Eclopé, économie, éloge, endolori, enorgueillir, énorme, époque, enveloppe, épopée, estoc.
Favoriser, flageolet, flotte, folie, fortune, force, froc.
Galoche, galopin, gargote, généalogie, gobelet, gorge, grotesque.

Hippopotame, ad hoc, hommage, honorable, hôpital (1),
   horizon, horoscope, hospice, hospitalité, hôtel,
   hôtellerie (2), hotte, hydrophobe.

Iconoclaste, ignorant, incommode, idole, iota.

Jacobin, jaconas, jobard, Jocrisse, jockey, joli.

Kaléidoscope, kilomètre, kiosque, kopeck, Koran.

Lithographie, locataire, locomobile, loge, logique, lo-
   quet, lord-maire, loterie.

Microscope, Maroc, Momus, moment, monocorde, monologue, monotone, morale, morte.

Noble, noce, normal, note, notice, notoriété.

Octave, odorat, onomatopée, opéra comique, oraison,
   orgueilleux, orchestre, orthodoxe, ortolan.

Philosophe, poche, photographie, populaire, pot-au-
   feu, Porpora, porte, probe, pronostic, proscrit,
   prosodie.

Quarteronne, quatorze, quatuor, quenotte, question-
   naire, quolibet, quote-part.

Raccord, raffoler, ramolli, rapprochement, réciproquement, remords, reproche, rhinocéros, roc, Rome,
   rossignol, rôti (3).

Sobre, soc, Sodome, solo, soldat, solécisme, Sologne,
   sonore, sortilège, sot.

Taloche, ténor, théologie, toast (tost), troc, tonique,
   toque, torgniole, tordre, toréador.

---

(1) La syllabe *hô*, d'*hôpital*, malgré l'accent circonflexe, est
brève.

(2) La syllabe *hô*, d'*hôtel* et d'*hôtellerie*, malgré l'accent circonflexe, est brève.

(3) La syllabe *rô*, de *rôti*, malgré l'accent circonflexe, est
brève. — Ainsi le veut l'usage, plus fort que la règle.

Uniforme, utopie.

Virole, volcan, voleur, Voltaire, vorace, votre.

Yole.

Zodiaque, zoïle, zoologie, zorille.

   Etc., etc.

CHAPITRE VI.

DEUXIÈME EXERCICE SUR L'O AIGU.

Omme, onne, osse.

Dans toutes les terminaisons en *omme, onne, osse*, c'est-à-dire toutes les fois que l'*o* précède une double consonne, cette voyelle est généralement aiguë.

EXERCICE.

OMME. — Assŏmme, cŏmme, gŏmme, hŏmme, bon-hŏmme, gentilhŏmme, pŏmme, rŏgŏmme, sŏmme, etc.

ONNE. — Aiguillŏnne, bouffŏnne, consŏnne, dragŏnne, espiŏnne, fripŏnne, gascŏnne, liŏnne, mignŏnne, ŏrdŏnne, nŏnne, pardŏnne, questiŏnne, révolu-tiŏnne, sŏnne, tŏnne, etc.

OSSE. — Bŏsse, brŏsse, cărrŏsse, cŏlŏsse, crŏsse, Ecŏsse, mŏlŏsse, rŏsse, Saragŏsse, etc.

  Font exception à cette règle : fōsse et grōsse.

CHAPITRE VII.

(*Ome*, *one*, *otion*, *osion*, *o* final.)

Le son de l'*o* aigu et celui de l'*o* grave diffèrent essentiellement l'un de l'autre : ce dernier est particulièrement grave lorsqu'il est surmonté d'un accent circonflexe, et pour le bien prononcer, il faut allonger les lèvres *le plus possible* et donner à la bouche la forme d'un O.

L'*o* est également grave dans les mots marqués ou non marqués de l'accent circonflexe, dont la terminaison est en *ome*, *one*, *otion*, *osion*, *o* final, etc., etc.

EXERCICE.

OME. — Arōme, atōme, axiōme, Brantôme, chôme, Chrysòstôme, Côme (saint), dôme, Drôme, épitôme, fantôme, gnôme, hippodrōme, idiōme, Jérôme, mōmerie, symptôme, tōme, Vendôme, etc.

Font exception à cette règle : agrŏnŏme, astrŏnŏme, écŏnŏme, gastrŏnŏme, métrŏnŏme, Sŏdŏme et Rŏme.

ONE. — Amazōne, Ancône, aumône, cône, Hippône, prône, Rhône, Saône (*Sóne*), trône, zōne, etc.

OTION, OSION. — Cŏmmōtion, dévōtion, émōtion, prŏmōtion, cŏrrōsion, éclōsion, érōsion, explōsion, etc.

O FINAL. — Bōbō, cōcō, concertō, dŏminō, ex abruptō, incŏgnitō, indigō, kilō, Léō, ab ōvō, Lô (Saint-), mémentō, numérō, le Pô, le Rialtō, sōlō, vétō, etc.

CHAPITRE VIII.

DEUXIÈME EXERCICE.

Ab ovō, accrōc (*accrō*), alcôve, amazōne, Ancône, arōme, arrōser, atōme.

Bône, bravō, brōc (*brō*).

Cacaō, chōse, clôture, cōcō, cŏmmōtion, concertō, cône, cŏntrôle, côté, côtelette, côte-rŏtie, crōc (*crō*), cyclōne.

Dévōtion, dôme, dŏminō, dōse, drôle, Drôme.

Ex abruptō, émōtion, escrōc (*escrō*), explōsion, expōser.

Fantôme, frôler.

Gnōme, gōsier, grōs, grōssier.

Hôte, hippŏdrōme.

Incŏgnitō, indigō.

Jérôme.

Kilō.

Lô (Saint-).

Mémentō, métrŏpōle, mŏnŏpōle, émōtion.

Nécrōse, nŏs, nôtre, numérō.

Oppōser, ōser, ôter.

Pédrō, le Pô, pôle, pōser, pōtion, prône, prŏpōs, prŏpōsition, prōse.

Raccrōc (*raccrō*), repōser, Rhône, rôder, rôle, rōsace, rōse.

Sanchō, Saône (*Sône*).

Tôle, tôme, trône.

Vendôme, vétō, Wisigōth, Vōsges, vōs, vôtre.

Zōne.

Etc., etc.

CHAPITRE IX.

TROISIÈME EXERCICE SUR L'O GRAVE ET LONG, EN TIMBRE
SOMBRE.

Os, ot, ôt.

L'*o* est grave dans les terminaisons en *os* ; les voici presque toutes :

Campōs, chaōs, clōs, dispōs, dōs, éclōs, grōs, hérōs, lōtōs, ōs, prŏpōs, repōs.

L'*s* se fait entendre dans Burgōs, Délōs', Paphōs, Samōs, et dans tous les noms propres en *os.*

L'*o* est également grave dans les terminaisons en *ot* ou *ôt.*

EXEMPLES.

Abricōt, bigōt, chicōt, cŏquelicōt, dépôt, dévōt, écōt, flōt, grelōt, îlōt, impôt, jabôt ; le Lōt, marmŏt, môt, prévôt, rôt, sabōt, sitôt, suppôt, vieillōt, etc., etc.

CHAPITRE X.

EXERCICE SUR *au* GRAVE ET LONG, EN TIMBRE SOMBRE.

A quelques exceptions près, que nous ferons connaître ; *au*, au commencement des mots, se prononce comme un *ó* grave.

Aūbaine, aūbe, aūbépine, aūbier, aūbade, aūcun, aūdăcieux, aūdience, aūdition, aūditoire, Aūguste, aūjourd'hui, aūge, aūlique, aūmône, aūmônier (la syllabe *mó*, d'aumônier, malgré l'accent circonflexe, est brève), aūnăge, aūparavant, aūspice, aūssi, aūssitôt, aūtan, aūtant, aūtel, aūteur, aūtre, Aūtriche, aūtŏdă-fé, aūtrefois, aūtrement, aūtruche, aūtrui, etc.

Font exception à cette règle et se prononcent brefs et en timbre clair :

Aūberge, aŭgmenter, aŭgmentātion, aŭréole, aŭriculaire, Aŭrillac, aŭstère, aŭstérité, aŭstral, aŭthentique, aŭtocrate, aŭtŏgraphe, aŭtomne, aŭtŏmate, aŭtŏpsie, aŭtŏrisātion, aŭtŏrité, Aŭxerre, aŭxiliaire, et leurs composés.

Au, au milieu des mots, se prononce à quelques exceptions près, comme *ó* grave.

Bāudet, bāudrier, bāume, chāude, chāuffer, chevāucher, chiquenāude, clăbāuder, Clāude, dāube, débāuche, épāule, ébāuche, embāucher, émerāude, fāucher, frāude, gāuche, gāule, Gāule, gāufre, Guillāume, guimāuve, jāuger, mărāude, pătāuger, Pāule, pāuvre, răvāuder, sāule, sāumon, tāupe, vāudeville, etc.

Font exception à cette règle, et se prononcent aigus, en timbre clair :

Lăurier, Lăure, măuvais, măure, măuresque, et le

futur et le conditionnel des verbes *avoir* et *savoir* : j'ăurai, tu ăuras, il ăura, etc.; j'ăurais, tu ăurais, il ăurait, etc. ; je săurai, tu săuras, il săura, etc.; je săurais, tu săurais, il săurait, etc.

Au, à la fin des mots, se prononce comme un *ô* grave.

EXEMPLES.

Aloyău, anneău, arbrisseău, barreău, bureău, cerveău, chalumeău, étău, fléău, gâteău, gruău, moineău, museău, noyău, panneău, Pău, peău, préău, oiseău, sarrău, tăbleău, et autres mots en *eau* et en *eaux*.

Hau, au commencement des mots, se prononce toujours comme un *ô* grave.

EXEMPLES.

Hăubans, hăubert, hăutain, hăutaine, hăusse-cŏl, hăusser, hăut bois, hăutement, hăutesse, hăuteur.

Enfin, *au* se prononce également comme un *ô* grave, dans tous les mots dont la désinence est en *aut* ou en *aud*.

EXEMPLES.

Assăŭt, ărtichăŭt, chăŭd, échăfăŭd, făŭx, hérăŭt, levrăŭd, lourdăŭd, mărăŭd, nigăŭd, noirăŭd, pătăŭd, penăŭd, réchăŭd, ribăŭd, rougeăŭd, etc.

CHAPITRE XI.

DE LA PRONONCIATION DES VOYELLES NASALES
an, *en*, *in*, *on*, *un*.

On appelle *voyelles nasales* celles qui sont suivies d'une *m* ou d'une *n*.

Or, la plupart des méridionaux ne font point sonner les *voyelles nasales*, d'où il résulte que, lorsqu'ils parlent, non seulement leur prononciation est défectueuse, mais encore leur langage est parfois inintelligible.

Un jeune avocat de notre connaissance, dont la prononciation est entachée d'accent gascon, s'écriait récemment à la barre :

La nuit naquit un jour de l'uniformité !

Entendit-on jamais pareil coq-à-l'âne ?

Si le jeune avocat en question avait fait sonner la nasale *n*, le doute n'eût pas été possible, et l'on aurait compris qu'il parlait de l'*ennui* et non point de *la nuit*.

Les méridionaux ont beau s'en défendre; ils disent : *du paigne* pour *du pain; du vaigne* pour *du vin; j'ai faigne* pour *j'ai faim; mainger* pour *manger*. Etc., etc.

Pour corriger radicalement ce défaut, il suffit, en articulant les voyelles *an* et *en, in, on, un*, de diriger l'air vers les fosses nasales, et d'y faire vibrer, selon le cas, soit la consonne *m*, soit la consonne *n*.

« Le son, » dit M. Pontis, « intercepté par un mouvement des organes, au moment de son émission, va expirer dans le nez et devient le son harmonique de la voyelle qui le précède. »

An et En. — Abaissez la mâchoire inférieure, et donnez à la bouche une position perpendiculaire très marquée, comme pour l'émission de l'*â* grave.

In. — L'ouverture de la bouche moins grande, et lancez la voix bien en dehors.

On. — Allongez les lèvres le plus possible, et donnez

à la bouche la forme d'un O, comme pour l'émission de l'ó grave.

UN. — Les lèvres plus rapprochées des gencives, et moins grande l'ouverture de la bouche.

Telle est la théorie pour bien prononcer les voyelles nasales. Maintenant nous allons passer aux exercices.

CHAPITRE XII.

EXERCICE SUR L'ARTICULATION DES VOYELLES NASALES.

AN et AM. — Ancien, ancre, banc, blanc, Caen (*Can*), franc, grand, Jean, manger, ambassadeur, ambulance, ambroisie, etc.

EN et EM. — En, endroit, enfant, enfer, enfin, ennui, ennoblir entreprenant, emmancher, empaqueter, empereur, etc.

IN, AIN, EIN, AIM. — Cinq, fin, intelligent, intendant, intention, lin, vin, pain, saint, peindre, sein, daim (*din*); essaim, faim, etc.

IM. — *I* a le son qui lui est propre dans *immense*, *immobile*, *immoral*, *immortel*, etc. ; mais il prend le son nasal dans *imbécile*, *impertinent*, *impatient*, *impudent*, etc.

ON, EON. — Donc, honteux, jonc, onde, onze, caméléon, Gédéon, Léon, pigeon, plongeon, etc.

OM. — Compositeur, compartiment, nom, ombrage, etc.

UN et UM. — Alun, aucun, brun, chacun, commun, quelqu'un, tribun, humble, parfum, etc.

In, ion, oin, syllabes nasales, ne se lient dans aucun cas. En conséquence, prononcez :

> « Enfin... un jour plus doux se lève. »
> « Enfin... elle m'aime. »

et non pas :

> Enfin n - un jour...
> Enfin n - elle m'aime...

Dans les bouts de phrases que voici, articulez fortement les nasales : *J'en ai ; toujours en aide ; l'ennui me tue ! eh bien , dinons-nous?*

Remarque essentielle. — Les pronoms *mon, ton, son, notre, votre,* se prononcent de deux manières différentes. Théoriquement, cela paraît difficile ; dans la pratique, ce n'est qu'une affaire d'habitude. Du reste, voici la règle :

Mon, ton, son, suivis d'une consonne, font entendre le son nasal. Exemples : *mŏn chapeau, tŏn cheval, sŏn lorgnon.*

Mon, ton, son, suivis d'une voyelle, ne font pas entendre le son nasal. Ainsi, *mon ami, ton éventail, son image,* se prononcent comme s'il y avait : *mŏ n' - ami, tŏ n' - éventail, sŏ n' - image.*

Quant aux pronoms *notre, votre,* voici comment on procède :

Lorsqu'ils sont suivis d'un substantif, l'*o* est toujours aigu et se prononce en timbre clair : *nŏtre table, nŏtre argent; vŏtre livre, vŏtre émule.* Mais lorsqu'ils sont précédés d'un article (*le, la, les, des,* etc.), l'*o*, au contraire, est toujours long ou grave, prend l'accent circonflexe, et se prononce en timbre sombre : *le nôtre, le vôtre, les nôtres, des vôtres, aux vôtres.*

CHAPITRE XIII.

DES VOYELLES LABIALES *eu* AIGU ET *eu* GRAVE.

La prononciation des deux labiales *eŭ* aigu et *eū* grave offre entre elles une différence essentielle qu'il importe de constater.

La voyelle *eŭ* aigu se prononce naturellement, et elle a le son clair de l'*e* muet.

La voyelle *eū* grave se prononce en ramenant les coins de la bouche, et en allongeant tant soit peu les lèvres en avant : le son est un peu sourd et fermé.

Afin d'être bien compris, prenons pour point de comparaison le mot *heureux.*

La première syllabe de ce vocable est aiguë et se prononce en timbre clair : *heŭ.*

La seconde syllabe, au contraire, est grave et se prononce en timbre sombre : *reūx.* Exemples : *hĕu-rēux, pĕu - rēux, cĕ* (aigu), *cēux* (grave).

EXERCICE SUR LA VOYELLE *eu* AIGU.

Aïeŭle, bateleŭr, bœŭf, crocheteŭr, déjeŭner, demeŭre, effleŭrer, empereŭr, fleŭr, fleŭve, gouverneŭr, heŭre, inférieŭr, jeŭne, leŭrre, linceŭl, majeŭre, meilleŭre, mineŭre, neŭf, œŭf, peŭple, pleŭr, preŭve, seŭl, seŭil, treŭil, veŭf, veŭve, etc., etc.

EXERCICE SUR LA VOYELLE *eu* GRAVE.

Aïeūx, bonheūr, cœūr, curieūx, envieūx, œūfs, eūx,

feü, gracieüx, gueüx, hargneüx, heŭreŭx, hideŭx, honteŭx, jeŭx, jeŭne (abstinence), joyeŭx, malheŭ-reŭx, nœŭd, peŭreŭx, peŭ, peŭt-être, superstitieŭx, seigneŭr, sœŭr, tapageŭse, yeŭx, etc., etc.

CHAPITRE XIV.

EXERCICE SUR L'e MUET.

« *E*. Nous voici en face de Protée en personne. Cette voyelle joue le plus grand rôle dans notre langue, tant par l'importance que par la variété de ses modifications (1). »

Il y a quatre sortes d'*e* : l'*e* muet, l'*é* fermé, l'*è* ouvert, et l'*ê* circonflexe.

L'*e* muet se prononce à peu près comme *eu* aigu, dont nous venons de parler dans le chapitre précédent. Lorsqu'on parle, il faut qu'on le devine et non point qu'on l'entende : il est nul et s'élide dans une foule de mots.

Il prend la dénomination d'*e masculin* lorsqu'il se trouve à la fin d'un adjectif ou d'un participe, et celle d'*e féminin*, quand il indique le féminin des adjectifs, ou lorsque, dans la poésie, il concourt à la formation des rimes féminines : dans ce dernier cas, on le supprime en parlant; mais il perd son mutisme dans le chant, où l'*e* muet, au contraire, doit être entendu, les compositeurs modernes ayant adopté la méthode des Grecs, qui, en chantant, faisaient sonner cette voyelle.

(1) P.-C. Pontis.

Un grand nombre d'artistes lyriques, — il faut bien le dire, — prononcent l'e *féminin* comme *eu* grave, défaut qu'on parviendrait facilement à corriger, avec un peu d'attention. Ainsi, plusieurs d'entre eux font entendre :

> Que la mer est bellᴇᴜ !
> La flamme étincellᴇᴜ !
> Mon pèrᴇᴜ, ma mèrᴇᴜ.

D'autres chanteurs, amants de la sonorité, et désireux de donner du relief aux notes de leur clavier vocal, prononcent :

> Alerto ! alerto ! qu'on veillo
> En attendant l'aubo vermeillo !
> Le comte de Luna,
> Notre maîtro... il est là...
> Sous le balcon de sa bello il soupiro
> En proie au plus sombro déliro.

Dans le langage familier, l'e muet est nul dans le corps d'une infinité de mots, tels que : *certainement, eau, heureusement, maintenant, revenir, seau,* qui doivent se prononcer comme s'il y avait : *certain'ment, au, heureus'ment, maint'nant, rev'nir, s'au,* etc.

Font exception à cette règle : *ajournᴇment, appartᴇment, humblᴇment, malmᴇner, noblᴇment, paisiblᴇment, portᴇfeuille, proprᴇment, redoublᴇment,* etc., etc.

L'e muet est encore nul à la fin des mots quels qu'ils soient, substantifs ou verbes, adjectifs féminins ou rimes dites féminines.

EXEMPLE:

Mais voulez-vous paroître en ce désordre extrême?
Remettez-vous, Madame, et rentrez en vous-même.

RACINE.

que l'on doit prononcer de la manière suivante :

Mais voulez-vous paroîtr' en ce désordr' extrém' ?
Remettez-vous, Madam', et rentrez en vous-mêm'.

Font exception à cette règle les monosyllabes *le, me, te, que, je, ne, de, ce,* etc.

Plusieurs grammairiens distingués ont écrit qu'on devait supprimer l'*e* muet de l'article *le*, lorsque celui-ci était employé avec l'impératif masculin, et qu'il fallait dire : *prenez-l'-lui, gardez-l', rendez l'-moi.*

C'est là une grande erreur. De même qu'on l'articule avec l'impératif féminin : *dites-LE-lui, faites-LE bien,* il faut aussi le faire sonner avec l'impératif masculin, et prononcer : *prenez-LE-lui, gardez-LE, rendez-LE-moi.*

Effacer la trace, au théâtre, de l'erreur en question, commise par la plupart des poètes du dix-huitième siècle, est impossible ; aussi les comédiens modernes doivent-ils se résigner à débiter leurs rôles tels quels et à respecter la chose écrite :

Forcez-l' à vous défendre ou fuyez avec lui.

Ceci dit, revenons à l'*e* muet.

Lorsque, dans une phrase, on rencontre plusieurs *e* muets de suite, la règle grammaticale veut qu'on n'en fasse entendre qu'un sur deux, en commençant ordinairement par le premier.

Qu'est-ce que cela? Je le veux. Donne-moi de ce que je te demande ; je le désire, etc. Ces vocables doivent se prononcer comme s'il y avait : *Qu'est-c' que c'la? Je l' veux. Donn'-moi de c' que j' te d'mande ; je l'* DESIR'.

Dans son *Traité de prononciation*, M. Morin de Clagny, ex-professeur de déclamation lyrique au Conservatoire de musique de Paris, dit qu'il faut prononcer « *desir* » sans accent aigu. *L'usage le veut*, ajoute-t-il ; tandis que dans son *Nouveau Traité de récitation*, M. Langlois-Fréville dit tout le contraire.

Qui a raison? Il appartient au lecteur de décider. Quant à nous, ex-artiste de l'Opéra-Comique, nous avons toujours prononcé, — avec tous nos camarades de ce théâtre, — et nous prononçons encore aujourd'hui « *desir* », sans accent aigu sur l'*e*.

Acrobat', acquitt'ment, avar', avariabl', av'nant, aveuglett'.

Barricad', balafr', balancell', banqu'rout', brav'ment, b'au.

Cachett', chevill', coch'mar, comiq', coqu'licot, coq'-luche.

Dev'nir, demand', dévot'ment, dictatur', disjoindr', doucereus'ment.

(E) au, envelopp', épanch'ment, épaul', épigraph', épistolair'.

Façad', facil'ment, factur', flatt'ri', folichonn', fum'ron.

Gal'ri, gal'tas, gendarm', généreus'ment, griff', gym-
nastiq'.

Habitud', habituell'ment, ham'çon, hann'ton, horribl',
hypocrit'.

Idiom', idol', impitoyabl', imprim'ri', indiscrèt'ment,
infidèl'.

Jarr'tier', jav'lot, J'annett', jeuness', joyeus'ment, ju-
mell'.

Kermess', kiosq', kyriell', kist'.

Légitim', loyal'ment, laconiq', lait'ri', lieut'nant, loco-
motiv'.

Maint'nant, moin'au, maladress', mall'post', Marg'rit',
marmott'.

Navett', neuvièm'ment, nitrat', niv'leur, noisett', no-
menclatur',

Obélisq', obstacl', ois'au, ois'leur, oisiv'té, onéreus'-
ment.

Pap'tier, pacifiq'ment, paillass', paisibl', paress', par-
terr'.

Q'rell' (querelle), quenoüill', questionnair', quiétud',
quinzièm'.

Raviss'ment, rebell', recett', rev'nir, reproch', rhé-
toriq'.

Sabretach', sagess', salad', satyr', sauv'gard', s'au.

Tablett', tacit'ment, tailland'ri', tarentell', telescop',
tempêt'.

Unanim'ment, universitair', usur', util'ment.

Vacarm', vaud'vill', vestiair', vid'poch', violett', vul-
gair'ment.

DEUXIÈME EXERCICE.

« C'est là ün' vrai' cuisïn' ; ün' sall' ïmmens'. Un des murs occupé par les cuivr', l'autre par les faïenç'. Au milieu, en faç' des f'nêtres, la ch'miné', énorme cavern' qu'emplit un feu splendid'. Au plafond, un noir réseau d' poutr' magnifiqu'ment enfumé', aux-quell' pend' tout' sort' de chos' joyeuses : des paniers, des lamp', un garde-manger, et au centre, ün' large nass' à clair'-voi' où s'étal' de vastes trapèz' de lard. Sous la ch'miné', outre l' tournebroch', la crémaillèr' et la chaudièr', r'luit et pétille (1) un trousseau éblouis-sant d'ün' douzain' de pelles et d' pincett' de tout' form' et d' tout' grandeur'. L'âtre flamboyant envoi' des rayons dans tous les coins, découp' de grand's ombr' sur le plafond, jett' ün' fraîch' teint' roz' sur les faïenç' bleu' et fait resplendir l'édifiç' fantastiq' des cass'roles comm' ün' muraill' de braiz. Si j'étais Homèr' ou Rab'lais, je dirais : *Cett' cuisïn'. est un mond' dont cett' cheminé' est l' soleil.* »

V. HUGO.

Il va sans dire que ces élisions ne sont praticables et exigibles que dans le langage familier, et qu'elles ne sont point applicables à la poésie, et surtout à la poésie soutenue, où l'on doit, au contraire, prononcer sans lourdeur les articles, les prépositions, pronoms,

---

(1) *Petille...* « Il est *petillant* d'esprit. » Cette manière d'écrire ce vocable n'a pas été adoptée naguère (1875) ni par l'Académie ni par la *Société des correcteurs des imprimeries de Paris*.

conjonctions, etc., et même faire résonner légèrement les syllabes muettes au milieu des mots. Agir d'autre sorte, ce serait patoiser indignement.

Nota. — Nous *faisons*, je *faisais*, tu *faisais*, il *faisait*, nous *faisions*, vous *faisiez*, ils *faisaient*, *faisant*, doivent se prononcer comme s'il y avait : Nous *fesons*, je *fesais*, tu *fesais*, il *fesait*, nous *fesions*, vous *fesiez*, ils *fesaient*, *fesant*. *Ai* se prononce ici comme *e* muet.

Si nous nous sommes attardé à parler longuement de l'*e* muet, c'est parce que les méridionaux font sonner cette voyelle à tout propos et hors de propos ; aussi engageons-nous vivement les personnes qui désirent épurer leur langage à mettre en pratique les préceptes contenus dans ce chapitre. De cette manière, l'idiome natal, soigneusement échenillé, débarrassé désormais des *e* muets parasites qui l'obstruent, prendra une allure vive, et deviendra clair et compréhensible pour tout le monde.

CHAPITRE XV.

EXERCICE SUR L'*é* FERMÉ.

L'*é* fermé se prononce naturellement et concourt à la formation d'une infinité de mots ; en outre, plus de vingt mille substantifs, verbes et temps de verbes, dont la terminaison est en *er*, *ier*, *ai*, *ez*, sonnent comme cette voyelle :

1° Boucher, horloger, mercier, pâtissier, etc. ;

2º Pêcher, abricotier, amandier, cerisier, pommier, etc. ;

3º Aimer, chanter, composer, danser, déclamer, etc.;

4º Vous aimez, vous chantez, vous composez, vous dansez, vous déclamez, etc.;

5º J'allai, je bronchai, je comptai, je donnai, j'encaissai, etc. ;

6º J'irai, je broncherai, je compterai, je donnerai, j'encaisserai, etc.;

7º Vous fumerez, vous lirez, vous rirez, vous tremblerez, vous volerez, etc. ;

8º Fumez, lisez, riez, tremblez, volez, etc., etc.

Les trois premières personnes du singulier, dans le présent de l'indicatif du verbe *savoir*, et la troisième personne du singulier, dans le présent du subjonctif du verbe *avoir*, sonnent aussi comme *é* fermé. En effet, je *sais*, tu *sais*, il *sait*, qu'il *ait*, doivent se prononcer comme si ces mots étaient orthographiés ainsi : je *sé*, tu *sé*, il *sé*, qu'il *é*.

Dans un théâtre de premier ordre du midi de la France, nous nous souvenons d'avoir entendu chuter un artiste lyrique, parce que, selon les règles de la vraie prononciation française, il avait dit en scène, dans *Guillaume Tell* :

O ciel, tu *sé* si Mathilde m'est chère...

O bêtise humaine, voilà bien de tes coups !

Enfin, la conjonction *et* sonne également comme *é* fermé ; mais le *t*, toujours muet dans ce monosyllabe, alors même qu'il est suivi d'une voyelle, perd exceptionnellement son mutisme dans *et cœtera*. Articulez fortement le *t* et prononcez : *eT cœtera*.

CHAPITRE XVI.

Les spécialistes reconnaissent généralement que l'accent grave est le plus défectueux de tous, et qu'il est insuffisant pour indiquer la prononciation de beaucoup de mots marqués de ce signe ; aussi plusieurs auteurs ont-ils classé les sons de l'*è* ouvert en trois catégories : l'*è* ouvert commun, comme dans *père*, *mère* ; l'*è* ouvert grave, comme dans *mes*, *tes*, *ses* ; et l'*ê* circonflexe, comme dans *baptême*, *extrême*, *suprême*.

Est-il besoin de dire que, pour l'émission de l'*è* ouvert commun, on ouvre la bouche naturellement ; que, pour l'*è* ouvert grave, on l'ouvre davantage, et que, pour l'*ê* circonflexe, on l'ouvre tout à fait ?

E initial, suivi de deux consonnes différentes, a le son de l'*è* ouvert commun : *èspérance, èspoir, èxtase*.

E, suivi d'une consonne qui se prononce, a aussi le son de l'*è* ouvert commun : *Abel, Babel, Michel, Rachel, dégel, tel, miel, fief, relief, cet, net, Grec, sec, fer, mer, enfer, hiver, hier, fier* (1).

Enfin, les terminaisons en *aine, eine, aire* et *aison* ont également le son de l'*è* ouvert commun.

1° Africaine, châtelaine, domaine, fredaine, Ger-

_____

(1) Se *fier*, avoir confiance, se prononce *é* fermé.

maine, huitaine, Lorraine, Mexicaine, prochaine, Ro-
maine, semaine, vilaine, etc. ;

2° Baleine, haleine, peine, pleine, reine, la Seine,
sereine, veine, verveine, etc.;

3° Agraire, belluaire, le Caire, dromadaire, faire,
insulaire, intermédiaire, légendaire, molaire, ocu-
laire, secondaire, vicaire, etc.;

4° Cargaison, combinaison, comparaison, conjugaison, déclinaison, démangeaison, exhalaison, floraison,
inclinaison, maison, péroraison, salaison, etc.

Quant aux *è* surmontés de l'accent grave, ils se prononcent généralement comme *è* ouvert commun ; mais,
ainsi que nous l'avons fait observer, l'accent grave
étant insuffisant pour indiquer la prononciation de certains mots, on le place indifféremment sur des syllabes
plus ou moins ouvertes, plus ou moins longues, et parfois son action est la même que celle de l'accent circonflexe : *Anathème, baptême, système, suprême, thème.*

EXERCICE.

Bobèche, brèche, calèche, flammèche, flèche, lèche,
mèche, pie-grièche, pimbêche, sèche, siècle, tiède,
règne, nièce, bègue, collègue, fidèle, modèle, ébène,
phénomène, bibliothèque, chèque, obsèques, etc.

CHAPITRE XVII.

EXERCICE SUR L'è OUVERT GRAVE.

Tous les mots dont la terminaison est en *ai, aie, ais,
aise, ait, ès, et, ey* se prononcent *è* ouvert grave, c'est-
à-dire *è* plus ouvert que dans le précédent exercice.

EXEMPLES.

1º Balai, Cambrai, déblai, délai, essai, étai, remblai, vrai, etc. ;

2º Futaie, haie, ivraie, monnaie, orfraie, plaie, raie, zagaie, etc. ;

3º Anglais, biais, désormais, épais, engrais, mais, niais, rabais, etc. ;

4º Braise, chaise, fadaise, falaise, fraise, Française, mauvaise, Polonaise, etc. ;

5º Attrait, abstrait, distrait, extrait, forfait, portrait, souhait, stupéfait, etc. ;

6º Mes, tes, ces, ses, les, des, près, très, etc. ;

7º Bouquet, cachet, farfadet, juillet, objet, poulet, sorbet, sujet, etc. ;

8º Ferney, Guernesey, Jersey, Sidney, bey, dey, etc.

EXERCICE.

Algèbre, célèbre, funèbre, vertèbre, zèbre, barège, collège, cortège, manège, piège, siège, sortilège, sacrilège, nèfle, trèfle, Phèdre, cèdre, Grèce, lèpre, mètre, allègre, intègre, nègre, règne, homogène, hyène, hygiène, scène, diocèse, Genèse, thèse, fièvre, fève, grève, élève, ère, dès, abcès, décès, exprès, procès, etc.

CHAPITRE XVIII.

EXERCICE SUR L'é CIRCONFLEXE (TRÈS OUVERT).

Bien que marqués de l'accent circonflexe, les é enclavés dans les mots suivants se prononcent comme *è* ouvert : *arréte* , *béte*, *honnéte* , *méme*, *téte* ; ils ne recouvrent le son qui·leur est propre que dans le style soutenu.

Au contraire, bien que marqués de l'accent grave , les *è* enclavés dans les mots suivants se prononcent comme *é* (très ouvert) : atmosphère , éphémère, anathème, blasphème, diadème, emblème, problème, stratagème, système , thème, théorème , chèvre , lèvre, lièvre, orfèvre, sève, ténèbres, etc.

EXERCICE.

· Evêque, archevêque, crêpe, fête, faîte, guêpe, arête, crête, conquête, quête, tempête, ancêtre, être, fenêtre, prêtre, salpêtre, forêt, intérêt, protêt, baptême, blême, Bohême, carême, crême, extrême, dépêche, pêche, prêche , connaître , naître, paître, paraître , maître , traître, mêler, rêver, poêle, etc.

CHAPITRE XIX.

EXERCICE SUR L'*i*.

L'*i* est peut-être de toutes les voyelles la plus difficile à émettre pour les chanteurs français. Par cette raison, beaucoup parmi eux l'empâtent et le prononcent à l'italienne. Expliquons-nous. La sonorité de l'*i* français est grêle, *pointue* ; celle de l'*i* italien est onctueuse, *pastosa*, et emprunte quelque chose à l'émission et à la sonorité de l'*é* fermé. Ponchard père, qui a fait école en matière de diction , et dont nous nous honorons d'avoir été l'élève, Ponchard père, disons-nous, n'admettait point les licences de prononciation, et exigeait que chaque lettre conservât la sonorité qui lui était propre.

Qui le croirait? Naguère encore les artistes d'un théâtre lyrique *di primo cartello*, qui auraient dû donner le bon exemple et servir de modèle, semblaient s'être donné le mot pour altérer la prononciation de la langue française ; aussi nous souvenons-nous d'avoir entendu le ténor V***, qui procédait de cette école, chanter en province :

Des chevaliers de ma *patrAe...*

Ce chanteur, hélas! n'a eu que trop d'imitateurs ! Ceci dit, abordons notre sujet.

EXERCICE.

I. — *I* est long lorsqu'il est marqué d'un accent circonflexe : *abîme, boîte, cloître, croître, dîme, épître, gît, gîte, île*, etc., etc.

D'après la grande règle qui régit les pénultièmes, et qui veut que celles-ci soient toujours longues lorsqu'elles sont suivies d'une terminaison féminine, l'*i* est également long dans *amie, archives, cerises, cidre, cuivre, ivre, livre, envie, folie, génie, captive, juive, positive, tardive, vie, vivre, horrible, terrible, devise, marquise, infamie*, etc., etc.

Is. — Lorsque la syllabe *is* est placée à la fin des mots, l'*i* est bref et l'*s* est muette : *avis, châssis, Denis, devis, fouillis, gâchis, hachis, logis, mépris, paradis, roulis, salsifis, taillis, treillis*, etc., etc.

Font exception à cette règle : *bis* (deux fois), *gratis*, *jadis*, *mais*, *mon fils*, *mes fils*, où l's finale s'articule fortement.

Prononcez également, avec le son de l's dur, les mots suivants et leurs analogues : *Ismaël*, *Israël*, *catholicisme*, *judaïsme*, *islamisme*, etc., et dites : *Issmaël*, *Issraël*, *catholicissme*, et non point Izmaël, Izraël, etc.

Isr. — *I* est bref et *st* sont muets dans *Jésus-Christ*. Toutefois, lorsque ce dernier mot est isolé, on prononce *Christ*.

CHAPITRE XX.

EXERCICE SUR L'*u*.

Ce que nous avons dit au sujet de l'*i*, dont l'émission n'est pas facile pour les gosiers français, est également applicable à l'*u*.

Duprez est le seul chanteur français, à notre connaissance, qui, sur l'émission de l'*i* et de l'*u*, soit parvenu à produire des sons d'une puissance extraordinaire.

EXERCICE.

U. — *U* est long lorsqu'il est marqué d'un accent circonflexe : *août, crû, dû, mûr, sûr, tû, croûte, flûte, goûter*, etc.

De par la grande règle qui régit les pénultièmes, l'*u* est également long dans *angelure, brune, costume, dorure, encolure, hure, morsure, parjure, posthume, poutre, prune, quiétude, quintuple, route, rhume, tour-nure, truffe, une, etc.,* etc.

Us. — *U* est encore long et l's est muette dans *abus, confus, diffus, inclus, intrus, obtus, perclus, reclus, refus, talus, Jésus,* etc.

Au contraire, l's doit être articulée dans *angelus, blocus, chorus, hiatus, lotus, mordicus, obus, omnibus, oremus, prospectus, rébus, sinus, sus, en sus,* et dans tous les noms propres en *us*, tels que : *Arius, Confucius, Jansénius, Jean Huss, Romulus,* etc.

Remarque essentielle. — Le mot *plus* (adverbe) se prononce de deux manières différentes, selon le cas.

Lorsqu'il signifie *davantage*, on fait sonner l's finale :

Il en a *plus* que moi.

Lorsqu'il signifie *pas* ou *point*, l's finale est muette, et l'on prononce comme si c'était écrit ainsi :

Je n'en veux *plu*.
Ni lui non *plu*.

Ut. — *U* est bref et le *t* est muet dans *bahut, début, institut, rebut, salut, scorbut, statut, substitut, tribut,* etc.

Au contraire, on fait sonner le *t* dans *brut, but, chut! luth, Ruth, ut.*

U est long et le *t* est muet dans *affût, Belzébuth, fût, il vécut, qu'il mourût.*

Remarque. — Dans le verbe *avoir*, le vocable *eu*, dans tous les temps et à toutes les personnes où il est employé, se prononce *u*, comme s'il était orthographié ainsi : j'ai *u*, tu as *u*, il a *u*, etc.; nous *ûmes*, vous *ûtes*, ils *urent*, etc.

CHAPITRE XXI.

DIPHTONGUES.

Nous n'aurions certes pas consacré un chapitre spé-
cial aux diphtongues si plusieurs parmi elles n'étaient
mal, très mal prononcées.

On appelle *diphtongue* la réunion de deux sons en
une syllabe : *ciel*, *Dieu*, *diable*, *oui*, etc.

Or la plupart des méridionaux, au lieu de pronon-
cer correctement *foi*, *loi*, *moi*, *toi*, *soin*, *loin*, *coin*, font
entendre : *foua*, *loua*, *moua*, *toua*, *souan*, *louan*, *couan*.

Est-il besoin de dire que le radical exige qu'on prononce comme si c'était écrit *fo-a*, *lo-a*, *mo-a*, *to-a*,
so-in, *lo-in*, *co-in*, d'une seule émission de voix ?

Est-ce clair ? Avons-nous été compris ? En tout cas,
c'est à l'intelligence de notre lecteur que nous nous
adressons, faute d'avoir à notre disposition un signe
visible pour marquer la nuance que nous venons de
lui indiquer.

CHAPITRE XXII.

EXERCICE SUR LES HOMONYMES.

On entend par *homonymes* « des mots pareils qui
ont un sens différent. »

Il ne faut pas prendre cette définition au pied de la
lettre, car, si quelques-uns de ces mots s'écrivent de
la même manière, la plupart d'entre eux ne sont pas

orthographiés pareillement, d'où il résulte que leur prononciation n'est pas absolument identique.

Ainsi, dans les vocables suivants, par exemple : *meitre* est bref ; *mèitre* est demi-long ; *maître* est long.

C'est à discerner et à faire ressortir ces nuances délicates de prononciation que doivent s'exercer les jeunes gens qui désirent parler correctement la langue française.

EXERCICE.

Abaisse.	Abbesse.
A faire.	Affaire.
Ah ! (*exclamation*) . .	Ha ! (*interjection*).
Aire.	Ere.
Aile.	Elle.
Alène.	Haleine.
Amande..	Amende.
An.	En (*préposition*).
Ancre.	Encre.
Appas.	Appât.
Au.	Eau.
Auspices.	Hospice.
Autel.	Hôtel (o aigu).
Auteur.	Hauteur.
Bon.	Bond.
Bonne.	Bône.
Car.	Quart.
Ce..	Se.
Cène.	Scène, Seine, saine.
Cent.	Sang, sans, sens.
Chaîne.	Chêne.

Chaire.	Chère.
Champ.	Chant.
Chasse.	Châsse.
Chaud.	Chaux.
Chœur.	Cœur.
Cire.	Sire.
Clair.	Clerc.
Close.	Clause.
Comte.	Compte, conte.
Coq.	Coque.
Cor.	Corps, cor (*durillon*).
Cours.	Cour, court.
Craint.	Crin.
Cru.	Crû.
Cygne.	Signe.
Dans.	Dents.
Date.	Datte.
Des.	Dès, dais.
Dessein.	Dessin.
Doigt.	Doit.
Don.	Dom.
Dû.	Du.
Echo.	Ecot.
Eh! (*exclamation*).	Hé! (*interjection*).
Faim.	Fin, fin (*rusé*).
Faîte.	Fête.
Foi.	Foie.
Gand.	Gant.
Grâce.	Grasse.
Graisse.	Grèce.
Gril.	Gris.

3

Guère.	Guerre.
Hâle.	Halle.
Hérault.	Héros, héraut.
Hautesse.	Hôtesse.
Jeune.	Jeûne.
Laid.	Lait.
Lieu.	Lieue.
Livre.	Livre (*poids*).
Lion.	Lyon.
Lire.	Lyre.
Maire.	Mère.
Malle.	Mâle.
Matin.	Mâtin.
Mettre.	Mètre, maître.
Mil.	Mille.
Mol.	Môle.
Mule.	Mule (*chaussure*).
Mur.	Mûr.
Outre.	Outre (*préposition*).
Pain.	Pin.
Paire.	Père.
Palais.	Palet.
Paris.	Pâris (*fils de Priam*).
Patte.	Pâte.
Paume.	Pomme.
Peine.	Pêne.
Pécher.	Pêcher, pêcher (*arbre*).
Pieu.	Pieux.
Plaine.	Pleine.
Poêle (*voile*).	Poêle (*ustensile*).
Poids.	Pois.

Poing.	Point.
Pou.	Pouls.
Port.	Port (*de mer*).
Raisonner.	Résonner.
Roc.	Roch (saint).
Rein.	Rhin.
Renne.	Reine, rène.
Ris.	Riz.
Roux.	Roue.
Sain.	Saint, sein, seing, ceint, cinq.
Satire.	Satyre.
Saut.	Sceau, seau, sot.
Sceller.	Seller.
Serein.	Serin.
Sol (*note de musique*).	Sol, sole.
Saoûl.	Sou.
Souris (*rire*).	Souris.
Statue.	Statut.
Sur.	Sûr.
Tache.	Tâche.
Teint (*pâle*).	Teint, thym.
Taire.	Terre.
Temps.	Tant, tan.
Tante.	Tente.
Taux.	Tôt.
Teinte.	Tinte.
Toi.	Toit.
Ton (*musique*).	Thon.
Tour (*forteresse*).	Tour, Tours.
Toux.	Tout.
Troyes.	Trois.

Trop.	Trot.
Vin.	Vingt.
Vaine..	Veine.
Ver.	Verre, vers.
Vend..	Vent.
Vice.	Vis.
Vil.	Ville.
Voie.	Voix.
Vos.	Vaud, veau.

DEUXIÈME PARTIE

CHAPITRE PREMIER.

LE GRASSEYEMENT.

Le grasseyement est un grave défaut non seulement chez les personnes, quelles qu'elles soient, qui en sont affectées, mais particulièrement chez les individus appelés à parler en public, et surtout chez les chanteurs.

Le grasseyement provient de ce qu'en sortant de la poitrine, l'air, arrêté au fond de la gorge, se fraie un passage en agitant les parties charnues qui avoisinent la luette, et produit ce son *gras* dont l'audition blesse l'oreille la moins délicate.

Les départements où le grasseyement règne en souverain sont : les Bouches-du-Rhône, le Gard, l'Hérault, la Gironde, la Seine et Seine-et-Oise.

Dans un opuscule dont l'édition est malheureusement épuisée, M. de Castil-Blaze, après avoir malmené le grasseyement, finit par dire : « Le grasseyement ne messied point dans la bouche d'une jolie femme. »

Si celle-ci parle, oui ; mais si elle chante, non, mille fois non. Du reste, les jolies femmes qui fréquentent les cours de chant du Conservatoire de musique de Paris savent cela aussi bien que nous ; aussi, s'exercent-elles, avec zèle, à se défaire du grasseyement, autrement dit à *vibrer*.

La vibration de l'*r* s'obtient en articulant certains mots, certains monosyllabes, dans la composition desquels entrent les initiales *n, l, d, t, v, f,* afin de forcer le bout de la langue à venir frapper le palais d'un coup sec, près des dents supérieures.

EXERCICE (1).

ne,	ne,	ne,	ne,	ne,	ne.
le,	le,	le,	le,	le,	le.
de,	de,	de,	de,	de,	de.
te,	te,	te,	te,	te,	te.
ve,	ve,	ve,	ve,	ve,	ve.
fe,	fe,	fe,	fe,	fe,	fe.
ne,	le,	de,	te,	ve,	fe.
ne,	le,	de,	te,	ve,	fe.
ne,	le,	de,	te,	ve,	fe.
ne,	le,	de,	te,	ve,	fe.

ARTICULEZ FORTEMENT.

te de,   te de,   te de,   te de.
te de,   te de,   te de,   te de.

(1) Ces exercices émanent de notre cher maître, M. Morin de Clagny, ex-professeur de déclamation lyrique au Conservatoire de musique de Paris.

te de de de,　　te de de de,　　te de de de.
te de de de,　　te de de de,　　te de de de.

DOUBLEZ L'ARTICULATION.

ve rra,　　ve rra,　　ve rra,　　ve rra.
fe rra,　　fe rra,　　fe rra,　　fe rra.

TRIPLEZ L'ARTICULATION.

de rra,　　de rra,　　de rra,　　de rra.
te rra,　　te rra,　　te rra,　　te rra.

Terois *gueros* reats se peromenaient sure terois guerands terotteoiré.

FAITES VIBRER, MAINTENANT.

Trois gros rats se promenaient sur trois grands trottoirs.

En général, après quelques mois d'étude seulement, on parvient à *vibrer* : « *La vibration doit venir sans qu'on la cherche* (1). » Quoi qu'il en soit, nous ferons observer que la vibration de l'*r* s'applique plus facilement au chant qu'à la parole articulée ; aussi, une infinité de chanteurs qui *vibrent* avec succès en chantant, grasseyent-ils *volontairement* en parlant, parce que la pratique leur a appris que rien n'alourdit le débit et ne fatigue l'oreille comme le retour multiplié d'*r* retentissantes.

(1) Maurin de Clagny.

CHAPITRE II.

LE ZÉZAIEMENT.

Zézayer où bléser, c'est prononcer les *s* comme des z.

La langue, ou trop molle, ou trop longue, vient se placer entre les dents, et, en articulant certains mots, il en résulte un petit sifflement qui se traduit par des *ze ze...* enfantins.

Pour corriger cette imperfection, il faut doubler, tripler l'articulation des sifflantes.

Pendant le cours de notre professorat, nous avons eu l'occasion d'entendre, sur les bancs de l'école, deux jeunes élèves dont le défaut de prononciation différait essentiellement.

L'un, — un garçon de quatorze ans, — solfiait ainsi certain passage du solfège de Garaudé :

Zi zol zi mi | zi zol | zi zol zi mi | zi zol |
La zi do ré | mi zi zol mi | zi ré | mi — |

L'autre, — une jeune fille de douze ans, — solfiait le même passage de la manière suivante :

Schi schol schi mi | schi schol | schi schol schi mi | schi schol | la schi do ré | mi schi schol mi | schi ré | mi |

L'on parvient à corriger, du moins à atténuer, le zézaiement d'une manière sensible en articulant d'abord fortement et séparément les lettres *c, s, j, ch, v, f*.

Après, on passe aux monosyllabes :

ce, ce, ce, ce, ce.
se, se, se, se, se.
je, je, je, je, je.
che, che, che, che, che.
ve, ve, ve, ve, ve.
fe, fe, fe, fe, fe.

Puis, on forme des mots où dominent les lettres *c*, *s*, *j*, etc., comme, par exemple : *chien*, *cheval*, *sécheresse*, *blanchisseuse*, *justice*, *injustice*, etc.

Enfin, on aborde des phrases comme celles-ci :

— Combien ces cinq saucisses-ci ?

— C'est cinq sous, ces cinq saucisses-là.

— Et combien ces cinq saucissons-ci ?

— C'est cent sous, ces cinq saucissons-là.

CHAPITRE III.

LE BÉGAIEMENT.

On corrige sans peine le *grasseyement* ; l'on atténue d'une manière sensible le *zézaiement* ; mais en est-il de même et se guérit-on du *bégaiement* ?

M. Legouvé, membre de l'Académie française, ne le pense pas, et voici ce qu'il raconte à ce sujet dans son livre intitulé : *L'art de la lecture.*

« Le bégaiement organique est-il curable ? J'en doute. Voici un fait dont j'ai été le témoin. Je me trouvai, un jour, dans ma jeunesse, à un bal donné par un médecin célèbre par cette spécialité, et qui a rendu de très grands services à l'art de la parole par ses travaux théoriques.

« — Monsieur, dis-je à un de mes voisins, voulez-vous me faire vis-à-vis pour la contredanse ?

— Vo-o-lontiers, monsieur.

Ah ! un bègue ! me dis-je.

On passe des rafraîchissements.

— Monsieur, dis-je à un autre jeune homme, voudriez-vous me passer une glace ?

— V.. v.. v... oici !

Ah ! un second bègue !

Je me trouve en face d'un de mes anciens camarades de collège.

— Ah ! ah ! c'est toi, me dit-il. Te te... ra... ra... ra... rappelles-tu comme je bé... bé... bé... gayais au collège ?

— Oui.

— Eh bien,... je suis venu... trouver M. Co... co... co... lombat (c'était notre amphitryon), et depuis ce moment, je suis... tout à fait gué... gué... gué... ri !

Ce souvenir m'a toujours rendu un peu incrédule à l'endroit des bégayeurs qui ne bégaient plus. »

Pour corriger plus vite et plus sûrement tous les accents, tous les vices de prononciation, on met ordinairement dans la bouche, *entre les joues et les dents,* d'abord deux boules de caoutchouc, puis quatre : il n'est pas d'artiste de talent qui n'ait eu recours à ce moyen pour obtenir une belle articulation, celle-ci permettant de mettre en relief tel mot, tel passage d'un ouvrage, alors même qu'on a peu ou point d'organe.

De même qu'en peinture il y a des trompe-l'œil, l'on

peut dire de l'articulation qu'elle est un trompe-oreille, car elle fait l'office de porte-voix et sert de véhicule au son. Les virtuoses en tous genres le savent bien ; aussi, les prédicateurs et les orateurs, les comédiens et les chanteurs, tirent-ils de l'articulation des effets merveilleux.

CHAPITRE IV.

LES LOCUTIONS GASCONNES.

I

Si la langue française n'est pas riche en accents, en revanche elle possède de nombreuses qualités qui lui appartiennent en propre, et même, sous certains rapports, elle est plus riche que les autres langues latines, et surtout plus claire et plus précise. Pourquoi faut-il que tant de gens altèrent en parlant ses précieuses qualités.

Dans sa *Lettre sur l'Opéra français*, J.-J. Rousseau l'a fort malmenée. N'a-t-il pas osé dire que la musique ne s'accommoderait jamais de sa prose ?... Gluck (1), Meyerbeer, Halévy, Rossini, etc., se sont chargés de donner un démenti au philosophe de Genève.

Et pourtant on rencontre encore de par le monde des gens qui ne voient que les défauts de la langue

---

(1) Lorsque Rousseau eut entendu les opéras de Gluck, il rétracta ce qu'il avait dit de l'impossibilité de faire jamais de bonne musique sur des paroles françaises.

française et ne lui tiennent aucun compte de ses qualités : ceux-là ne l'ont point étudiée à fond, sinon ils parleraient différemment.

Lorsque des étrangers ont à vaincre des difficultés comme celles-ci : Nous *portions* des *portions*; mes *fils* tiennent les *fils* de cette intrigue ; les poules du *couvent couvent*; je suis *fier* de me *fier* à lui, etc., ils jettent, comme on dit, la langue aux chiens; mais de pareilles difficulté, véritables anomalies, sont heureusement rares.

N'est-ce pas Veuillot qui, appréciant les qualités de notre langue, a dit qu'on ne pouvait bien écrire et bien penser qu'en français ?

S'il est vrai que le peuple ait formé les langues, il faut convenir que les grands écrivains les ont perfectionnées par les bons livres, et, comme le dit fort judicieusement Voltaire : « La première de toutes les langues est celle qui a le plus d'excellents ouvrages. »

Il y aurait une étude aussi curieuse qu'attrayante à faire sur cette formation d'une langue ; combien de tâtonnement avant de revêtir sa forme définitive ! des mots naissent, puis vieillissent et disparaissent comme les feuilles des arbres, suivant la gracieuse comparaison d'Horace :

Ut sylvæ foliis pronos mutantur in annos
Prima cadunt; ita verborum vetes interit ætas,
Et juvenum ritu florent modò nata, vigentque.

Combien d'ébauches inachevées, puis reprises, et finalement abandonnées! Tantôt ce sont des termes forgés à grands coups et comme avec le marteau; tan-

tôt l'expression semble ciselée finement et à plaisir ;
certains mots ont été façonnés plusieurs fois avant
d'avoir vu fixer leur signification, leur prononciation
et leur orthographe définitive, semblables à la statue
de marbre péniblement tirée d'un bloc informe, qu'il
a fallu dégrossir peu à peu, tandis que d'autres sur-
gissent spontanément et sortent du cerveau d'un écri-
vain de génie, comme la statue de bronze sort du
moule du fondeur, tout d'une pièce et d'un seul jet.

II

Nous n'avons ni le temps ni la volonté de nous oc-
cuper ici de la manière dont on parle dans telle province ou dans tel département.

Nous voulons seulement relever en passant et au
courant de la plume, quelques fautes dans la construc-
tion des phrases, quelques locutions défectueuses qui
ont cours dans plusieurs départements du midi de la
France, et particulièrement sur les bords de la Garonne.

Ainsi, une foule de personnes s'expriment de la manière suivante :

La voiture part de jour *entre autre*, tandis qu'il faut
dire : la voiture part *de deux jours l'un*, ou *à jour
passé*, ou *chaque deux jours*.

Ne *fasse* pas ça, n'*aille* pas là, tandis qu'il faut dire :
ne *fais* pas cela, ne *va* pas là.

Malgré que, tandis qu'il faut dire : *bien que*.

Je *m'en* rappelle, tandis qu'il faut dire : je *me* rappelle, ou je *me le* rappelle, ou je m'*en* souviens.

Donnez-moi *demi-livre* de café, tandis qu'il faut dire : donnez-moi *une* demi-livre de café.

Il s'en est bien *sorti*, tandis qu'il faut dire : il s'en est bien *tiré*.

Elle a l'air *bonne*, elle a l'air *douce*, tandis qu'il faut dire : elle a l'air *bon*, elle a l'air *doux*.

A un enfant tracassier, on doit dire : *finis* donc ! et non point : *tais-toi* donc !

Faites-moi *lumière*, tandis qu'il faut dire : *éclairez-moi*.

I part, *is* partent, tandis qu'il faut prononcer : *il* part, *il parte* (*s* et *nt* sont muets).

Je lui ai parlé *après*, tandis qu'il faut dire : je lui ai parlé *avant*, *tantôt*, *tout à l'heure*.

J'ai eu vu, si fort usité, ne se dit dans aucun cas.

J'ai *tombé* mon livre, tandis qu'il faut dire : j'ai *laissé tomber* mon livre.

Je vous salue *à* tous, tandis qu'il faut dire : je vous salue *tous*.

Il m'a *agonisé de sottises*, tandis qu'il faut dire : il m'a *accablé d'injures*.

Vous vous *contredites*, vous vous *dédites*, tandis qu'il faut dire : vous vous *contredisez*, vous vous *dédisez*.

Je l'ai lu *sur* le journal, tandis qu'il faut dire : je l'ai lu *dans* le journal.

Fais-moi passer les *pinces*, tandis qu'il faut dire : fais-moi passer les *pincettes*.

On dit quelquefois de l'*ouate*, et mieux de *la ouate*.

J'ai pris une *purge*. Dites : j'ai pris une *purgation*.

Oh ! c'est bien *souffrant !* Dites : oh ! c'est bien *douloureux !*

Elle ne se croyait pas *mortelle*, la pauvre ! Dites : elle ne se croyait pas en *danger de mort*, la pauvre !

Je m'adresserai à *quelqu'un plus*. Dites : je m'adresserai à une *autre personne*.

Où allez-vous ? — Je vais *promener*. Dites : je vais *me promener*.

Où logez-vous ? — Chez le *cafétiste*. Dites : chez le *cafetier*.

Récler, qrante. Dites : *régler, qua-rante.*

Ouplier, puplic, tapleau. Dites : *oublier, public, tableau.*

Les Gascons disent : *Adieu !* en s'abordant, tandis qu'il ne faut dire *adieu !* qu'en se séparant.

III

La classe ouvrière.

Je *suis été* à la campagne. Dites : j'*ai été* à la campagne.

Il n'est pas indifférent de dire : il *est allé* ou il *a été*. En voici la preuve :

Hector *est allé* au théâtre. Donc, il est au spectacle.

Hector *a été* au théâtre. Donc, il n'est plus au spectacle.

J'*alla* le trouver ; je lui *parla*. Dites : j'*allai* le trouver ; je lui *parlai*.

Moi et mon *épouse*. Dites : ma *femme* et moi.

Voyons voir ça. Dites : *Voyons cela.*

Il faut *tâcher moyen* d'arranger cette affaire. Dites : il faut *tâcher* d'arranger cette affaire.

On lui a accordé une *sudvention*. Dites : on lui a accordé une *subvention*.

Ex cætera. Prononcez : *et* cætera.

Un *hômme*, une *phâme*. Prononcez : un *homme* (o en timbre clair), une *femme* (e en timbre clair).

Un orange, *un* vis, *un* patère. Dites : *une* orange, *une* vis, *une* patère.

Une écrou, *une* monticule. Dites : *un* écrou, *un* monticule.

La *garre*, des *carrotes*. Prononcez comme c'est écrit, avec un seul *r* : la *gare*, des *carottes*.

Mon *petit* va à l'école. Dites : mon *fils* va à l'école. *Petit* ne se dit qu'en parlant des animaux.

Les illettrés.

Le *colidor*, l'*ormoire*, le *luméro*, un *ostacle*, une *esta-
tue*, des *nentilles*, l'*ominibus*, le *gymenase*, un *rhino-
féros*, etc., etc., etc.

IV

Dans un pensionnat, où l'on donne des séances ré-
créatives pour amuser les élèves et exercer leur mémoire, le professeur chargé de ces sortes d'exercices
fait dire : *mon fi, mes fi*. Cette manière de dire ne serait pas tolérée au Théâtre-Français, qui fait loi en matière de prononciation, et où *mon fils, mes fils*, se prononcent comme s'il y avait *mon fiss, mes fiss*, en
articulant fortement l's final (1).

Dans ce diocèse (H.-G.), la plupart des ecclésiasti-
ques prononcent bien à tort, « *ceut homme*. » On devine pourquoi. Mais qu'on nous cite donc une seule
phrase construite de telle sorte qu'il soit possible de
confondre le pronom *cet* avec le nombre *sept*? Nous
attendons.

Certes, voici un assemblage de mots dont la consonance serait susceptible d'induire en erreur l'oreille
la plus exercée, et néanmoins personne ne s'est jamais
avisé d'en modifier la prononciation. *Cinq* moines,

(1) « *Fils...* Quelques grammairiens sont d'avis que l'on doit
prononcer *fi*, avant une consonne. Talma et les grands artistes
de son époque prononçaient comme nous-même : *fils*, avec la résonance de l's. A Toulouse, on prononce *fix* (faute grossière). »
Ernest Gervaise.

ceints d'une corde, portaient sur leur *sein* le *seing* du *Saint*-Père.

Du reste, une locution défectueuse, un gasconisme de plus ou de moins en chaire, au barreau, dans le monde, ne tirent pas à conséquence; mais il n'en est pas de même à la tribune et au théâtre.

Qui ne connaît le mot du maréchal Soult, qui, impatienté par M. Thiers, appela celui-ci « *foutriquet?* »

En 1848, Caussidière (1), à son tour, provoqua l'hilarité de messieurs les députés, ses collègues, en disant : « *Ils se sont suicidés les uns les autres.* »

Enfin, voici une annonce demeurée célèbre au Grand-Théâtre de Bordeaux.

Le régisseur s'adressant au public :

— Messieurs, Mlle Dorval étant indisposée, il lui est *nullement* impossible de jouer son rôle dans la pièce annoncée. Mais, si vous voulez bien le permettre, on va *vous faire danser*...

— Non, non! nous ne voulons pas danser! répondirent les abonnés.

— On va vous faire danser un pas... *dé quatre en place.*

(1) Lors des événements de juin, en 1848, Caussidière, alors préfet de police, fit garder la maison de banque de M. de Rothschild par une escouade de sergents de ville. Plus tard, proscrit, malheureux, Caussidière représentait à Londres un riche négociant en vins de Bordeaux. M. de Rothschild se souvint : il chargea Caussidière de fournir et d'entretenir sa cave, ce qui donna à celui-ci, — et pendant toute sa vie, — un boni évalué à 10,000 fr. par an.

CHAPITRE V

DES DIFFICULTÉS DE LA LANGUE FRANÇAISE.

A

A est nul dans *août, curaçao, taon, toast.* Prononcez : *oût, curaço, sóne, tost.*

Ai a le son de l'*é* fermé dans *gai* et *gaieté.* Prononcez : *ghé, ghété.*

B

B est nul et ne se lie pas dans *aplomb, plomb, Colomb, Doubs;* mais on l'articule dans *club* et dans tous les noms propres : *Jacob, Job, Moab,* etc., etc.

C

C a la sonorité du *g* dans *seconder* et ses dérivés. Au contraire, *g* a la sonorité du *c* dans *gangrène* Prononcez : *segonder, segond, segondement, cangrène, cangréné.*

L'on écrit et on prononce : *secret, prunes reine-claude.*

C est nul dans *almanach, estomac, tabac, banc, blanc, flanc, franc, accroc, raccroc, broc, escroc, marc* (poids), *jonc, clerc, arsenic, zinc, caoutchouc,* etc.

Dans le rôle de Zacharie, au deuxième acte du *Prophète,* dites : « *Nos estoma z-à jeun...* »

Au contraire, on articule le *c* dans *arc, Marc* (nom

d'homme), *aspic, bac, bec, bloc, caduc, échec, estoc, froc, hamac, lac, Maroc, roc, sac, sec, soc, toc,* etc.

Articulez fortement la finale *ct* dans *intact, tact, abject, direct,* excepté dans *instinct,* qui, au singulier et au pluriel, se prononce : *instin.*

Le *t* est nul, mais le *c* sonne et se lie dans *aspect, circonspect, respect, suspect,* etc. Au pluriel, *les a-spè;* l'*s* se lie : *des aspè z-odieux.*

Prononcez : *Vermicelle, violoncelle.* Ces mots, d'origine italienne, sont aujourd'hui naturalisés français.

Ch se prononce comme *k* lorsque le mot vient de l'hébreu, du grec ou de l'italien : *Achab, Chanqan, Machabée, Melchissédech, Anacharsis, Calchas, Cherubini, Michel-Ange, orchestre,* etc.; excepté dans *Achille, Archimède,* etc. *Archange saint Michel* réunit les deux prononciations.

D

D final se prononce dans *sud* et dans les noms propres : *Alfred, le Cid, David, Conrad, Joad, Valladolid.*

Au contraire, le *d* est nul et ne se lie pas dans *Madrid, muid* et *nid.* Prononcez : *un mui de seigle, un ni de rossignols.*

D final, suivi d'une voyelle ou d'une *h* non aspirée, se lie et a la résonance d'un *t* : *gran t-homme, pié t-à terre, de pié t-en cap, de fon t-en comble.*

Lorsque l'adjectif *grande* est suivi d'un substantif commençant par une consonne, le *d* est nul, l'*e* final s'élide et les vocables suivants : *grand'mère,* etc., se prononcent avec le son nasal et comme s'ils étaient écrits ainsi : *gran'mère, gran'tante, gran'messe, gran'-croix, gran'pitié.*

E

E est servile et muet, au singulier et au pluriel, dans les terminaisons en *eau* : *anneau, beau, ciseau, eau, gâteau, moineau, oiseaux, peaux, roseaux, sceaux, tombeaux,* etc.

Il a le son de l'*a* dans *hennir, ingrédient, solennel, Rouen, enivrer, enorgueillir.* Prononcez : *há-nir, in-grédi-an, so-la-nel, Rou-an, an-ivrer, an-orgueillir.*

F

F est nul dans *cerf, cerf-volant, clef, œuf frais, œuf dur, nerf de bœuf, bœuf gras, bœuf salé,* et dans les pluriels *œufs, bœufs, nerfs.*

Au contraire, il sonne dans *serf,* esclave. Il sonne également lorsqu'il est suivi d'une voyelle, et l'on dit : *OEuf excellent, œuf exquis, soif ardente,* etc., en adoucissant la prononciation de l'*f.*

G

Cette consonne a trois articulations : elle a le son qui lui est propre dans *général, génie, géométrie,* etc.

Suivie d'un *u,* elle a le son de *gue* dans *guenon, guenille, guerre,* etc.

Enfin, dans les liaisons, elle a accidentellement le son de *ke.* Prononcez : *Suer sang ké eau, son sang ké le mien.*

G est nul dans *legs, signet* (prononcez : *lèz, sinet*),

bourg, coing, doigt, étang, faubourg, hareng, long, poing, sang, seing, vingt, etc.

Gn se prononce avec le son mouillé (*gn*) dans *agneau, borgne, cocagne, incognito, magnanime, torgniole,* etc.

Au contraire, *gn* se prononce avec le son du *g* dur dans *stagnant, stagnation* (prononcez : *stak-nant,* etc.), *inexpugnable, igné, ignition,* etc.

H

Bien que la lettre *h* soit aspirée dans *Hollande, Hongrie, Henri* (nom d'homme), on prononce exceptionnellement : *fromage d'Hollande, toile d'Hollande, eau de la reine d'Hongrie, les hauts faits d'Henri IV, la Saint-Henri.*

H n'est pas aspirée dans *hélas !* non plus que dans le mot *hyène.* Prononcez : *l'hyène du Jardin des plantes.*

Voici maintenant la nomenclature des mots les plus usuels commençant par une *h* aspirée ; mais il est bien entendu que l'*h* initiale est muette dans tous les vocables qui ne figurent pas sur cette liste.

Ha !	Halle (marché).	Haquenée.
Hâbleur.	Haleter.	Haquet.
Hache.	Hallebarde.	Harangue.
Hagard.	Halte.	Haras.
Haie.	Hamac.	Harasser.
Haillon.	Hameau.	Harceler.
Haïr.	Hampe.	Harde.
Haler (tirer une	Hanche.	Hardi.
barque).	Hangar.	Harem.
Hâle (action de	Hanneton.	Hareng.
l'air).	Hanter.	Hargneux.

Haricot.

Haridelle.

Harnacher.

Haro.

Harpe.

Harpie.

Harpon.

Hasard.

Hausser.

Hautain.

Hautbois.

Hautesse.

Havre.

Havresac.

Haye (La).

Hé!

Heaume.

Hennir (*hănir*).

Henriade.

Hère.

Hérisson.

Hernie.

Héron.

Héros.

Herse.

Hêtre.

Hibou.

Hic (voilà le).

Hideux.

Hiérarchique.

Hisser.

Hocher.

Hochet.

Hollande.

Homard.

Hongrie.

Houleux.

Hoquet.

Hoqueton.

Horde.

Horion.

Hotte.

Houblon.

Houe.

Houille.

Houleux.

Houlette.

Houppe.

Houppelande.

Henri.

Houspiller.

Housse.

Houx.

Hoche (entaillure).

Huer.

Huguenot.

Huitaine.

Humier.

Houle.

Hune.

Huppé.

Hure.

Hurler.

Huss (Jean).

Hussard.

Hussite.

Huppe.

Sont exceptés les dérivés *exhausser*, *héroïsme*, *héroïne*, où l'*h* n'est point aspirée.

I

I est nul dans *oignon, encoignure*. Prononcez : *ognon, encognure*.

D'après l'opinion de quelques grammairiens, l'*i* est

nul dans *Montaigne*, et le *g* est lettre morte dans *Regnard*.

Montagne ! Renard !

Evidemment les auteurs qui prétendent que ces noms doivent se prononcer ainsi excipent de ce que les règles grammaticales du seizième siècle sont tombées en désuétude et n'ont plus leur raison d'être.

Selon le témoignage du grammairien Palsgrave (*Eclaircissement*, p. 8, 1530), les mots qui, dans l'écriture, se terminaient en *age* et en *agne* devaient, dans le discours, faire entendre un *i* entre l'*a* et le *g*. De là tous ces mots en vieux français orthographiés ainsi : *Compaignie*, *couraige*, *gaigner*, *Hespaigne*, *montaigne*, etc.

A Paris, les *normaliens*, les puristes et les érudits prononcent : *Montaigne, Regnard*.

J

Rien à dire de la lettre *j*.

K

Cette lettre n'est employée, en français, que dans quelques mots tirés des langues étrangères, et elle sonne comme un *c* fortement articulé : *Kan*, *Stockholm*, *kirsch*, *kiosque*, *kiste*, etc.

L

LL. — Lorsque deux *ll* sont précédées d'un *i*, les deux consonnes ont une résonance particulière appelée son mouillé, comme, par exemple, dans *anguille*, *bastille, caille, paille, famille, grenouille, papillon, ver-millon,* etc.

Font exception à cette règle : *Achille, Lille, vaude-ville, ville,* etc.

L. — Dans bien des mots, *l* simple précédée d'un *i* est également mouillée : *ail, œil, cercueil, fenouil, Auteuil, seuil, gentilhomme.* Ce dernier vocable, au pluriel, s'écrit *gentilshommes* et se prononce *gentishommes.*

L finale, bien que précédée d'un *i*, est nulle dans *coutil, fusil, gril, nombril, outil, persil, sourcil.*

M

M a le son qui lui est propre dans *indemne, indemnité, indemnisé.* Prononcez : *indÈmne, indAmnité, indAmnisé.*

M est lettre morte dans *automne, condamnable, damné.* Prononcez : *aŭtone, condānāble, dāné.*

On n'articule qu'une *m* dans *grammaire.* Prononcez : *gra-maire, gra-mairien.*

M sonne comme une *n* dans *Adam.* Prononcez : *Adan.*

N

On n'articule qu'une *n* dans *anneau, année, innocence,* etc. Prononcez : *a-neau, a-née, i-nocence,* etc.

Au contraire, faites sonner les deux *nn* dans *Anna, annexe, annuler, cannibale, inné, innovation, connivence, Porsenna, Apennin, Cincinnatus, Linné.*

N est nulle dans *Monsieur.* Prononcez : *Mocieu.*

N est également nulle dans *Béarn.* Prononcez : *Béar*; mais elle sonne dans *Tarn-et-Garonne*; prononcez : *Tarné-Garonne.*

4

N se prononce avec ou sans nasalité dans *examen* et *hymen*.

Dans le premier acte de la *Favorite*, rôle de Fernand, prononcez :

« *Un* ange, une femme inconnue... »

Et non pas :

« *ün* ange, etc. » (Système Michelet, Lhomond, etc.).

Dans le deuxième acte de *Guillaume Tell*, rôle d'Arnold, prononcez :

« Ma présence pour vous est peut-être *un outrage*... »

Et non pas :

« est peut-être *ün outrage* » (idem).

O

O est nul dans *faon*, *Laon*, *paon*, *paonne*, *taon*. Prononcez : *fan*, *Lan*, *pan*, *pane*, *tan*.

P

Lorsque la lettre *p* est suivie d'une *h*, ces deux consonnes réunies se prononcent comme une *f* : *philosophie*, *phosphore*, *Joseph*, etc.

Au milieu des mots, *p* est nul dans *Baptiste*, *baptême*, *corps*, *exempt*, *prompt*, *sept*, etc. Au contraire, on l'articule dans *contemPteur*, *domPteur*, *exemPtion*, *impromPtu*, *NePtune*, *nuPtial*, *péremPtoire*, *raPt*, *rédemPteur*, *relaPs*, *sePtembre*, *sePtuagénaire*, etc.

P final est nul dans *camp*, *beaucoup*, *champ*, *cep* de *vigne, coup, drap, galop, loup, sirop, trop,* etc. Au contraire, on l'articule dans *Alep, cap, julep,* etc.

Un spécialiste des plus distingués prétend que le *p* est ordinairement nul dans *coup*, sinon, dit-il, « *quel couP-affreux...* pour les oreilles. »

Un cou affreux? horreur! Pourquoi pas un *gro os*, ou un *petit-l'-os*, avec un *l* euphonique?

Au pluriel, d'après M. Littré, l's se lie : des *kou z-audacieux*.

Dans le grand duo des *Mousquetaires de la reine*, Roger a toujours dit, et l'on dit encore aujourd'hui sur la scène de l'Opéra-Comique : « *C'est la frapper d'un cou p-affreux !* » en articulant le *p* légèrement.

Au contraire, dans le trio de la *Dame Blanche*, prononcez :

> *C'est la cloche de la tourelle*
> *Qui tout à cou... a retenti.*

— Pourquoi cette anomalie?...

M. Langlois-Fréville va nous l'apprendre; nous lui cédons la parole.

« Il faut se dispenser de lier les mots entre lesquels on fait un repos; si on les liait dans ce cas, il en résulterait qu'on serait obligé de détacher en quelque sorte la consonne du mot auquel elle appartient pour l'attacher, après un intervalle, à la voyelle initiale du mot suivant, ce qui rendrait la prononciation souverainement défectueuse (1). »

_____

(1) *Nouveau traité de récitation et de prononciation*, p. 21, Langlois-Fréville.

Du reste, le *p* est généralement sonore et se lie lorsqu'il est suivi d'un mot commençant par une voyelle ou une *h* non aspirée : *il a beaucou p-appris, cou p-imprévu, tro p-heureuse,* etc.

Q

Cette lettre sonne tantôt comme un *k*, tantôt comme un *c* dur, et, à quelques exceptions près (*cinq*, *coq*), elle est toujours suivie d'un *u* : dès lors, ces deux lettres réunies ont une résonance variable.

Dans les mots suivants, appuyez *légèrement* sur l'*u*, et prononcez : *équ-estre, équ-itation, qu-esteur, qu-ibus, Qu-inte-Curce, Qu-intilien, qu-intuple, Qu-irinal.*

La prononciation change et la résonance n'est plus la même dans les mots suivants, qu'on prononce comme s'ils étaient écrits ainsi : *akouarelle, ékouateur, ékouation, in-kouarto, kouadragénaire, kouadragésime, kouadrature, kouadruple, kouadrupède, kouaker* (qu'on prononce *kouakre*), *kouatuor. Qu-inkouagésime* réunit les deux prononciations.

La lettre *q* s'articule à la fin des mots *cinq, coq,* et se lie lorsqu'elle est suivie d'un vocable commençant par une voyelle ou une *h* non aspirée : *cinq hommes, un coq et ses poules.* Néanmoins, l'euphonie, dont il faut toujours tenir compte, veut qu'on dise : *un co-d'Inde.*

R

Lorsque la lettre *r* est redoublée, on n'en fait ordinairement sonner qu'une, comme dans *parrain, marraine, carrosse,* etc. Prononcez : *pâ-rain, mâ-raine, câ-rosse,* etc.

Au contraire, on articule les deux *rr* dans *errata*, *erreur*, *erronée*, *abhorrer*, *irrégulier*, *irrévocable*, *irréfragable*, *je mourrai*, *j'acquerrai*, *je courrai*, etc.

R est nulle à l'infinitif des verbes de la première conjugaison (en *er*) :

Aimé (*r* nul) *la patrie est un sentiment naturel.*

Mais cette *r* se lie avec le mot suivant lorsqu'il commence par une voyelle :

Qui aimerait insulteR au malheur ?

S

S est nulle au milieu des mots: *Du Guesclin*, *dès que*, *tandis que*, etc. Prononcez : *Duguèclin*.

S finale est également nulle dans *divers*, *os*, *alors*, *mœurs*, à moins que le mot suivant ne commence par une voyelle ou une *h* non aspirée.

Au contraire, *s* sonne dans *aloès*, *florès*, *laps*, *ours*, *Reims*, *relaps*, *Rubens*, *vasistas*, etc.

S sonne aussi à la fin de *sens* ; cependant, *sens commun* se prononce *sencommun*.

Enfin, on dit *un lis*, *une fleur de li*, *des fleurs de li*.

Entre deux voyelles, *s* se prononce généralement comme *z* : *désunir*, *pusillanime*, etc., excepté dans quelques mots composés : *préséance*, *présupposer*, etc.

Une bouche fine et exercée, au service d'un virtuose, doit pouvoir articuler une consonne, quelle qu'elle soit, suivie d'une voyelle, sans que l'organe auditif en soit aucunement offensé. Ainsi, lorsque Ponchard chantait l'air de *Piquillo*, est-ce que jamais personne s'est aperçu que le morceau en question regorgeait de sifflantes ? Et cependant, l'habile chanteur, d'après les règles de la véritable prononciation française, faisait sonner les deux vers suivants de la manière que voici :

> Tes cités z-et tes campagnes
> Z-et ton printemps z-éternel.

Sur les théâtres d'un ordre tant soit peu élevé, on prononce couramment :

« Voilà le cœur des z-hommes z-en général, et celui des mousquetaires z-en particulier. » De Saint-Georges.

Le langage soutenu a des exigences qui seraient déplacées dans le langage familier. Dans le premier cas, on écrit et l'on prononce : *jusques à quand*, *jusques à présent*; dans le second, on dit : *jusqu'à présent*, et il serait souverainement prétentieux de s'exprimer autrement.

Dans l'air d'Hoël, du *Pardon de Ploërmel*,

> Le remords et l'effroi...

prononcez comme s'il y avait :

> *Le remoR et l'effroi...*

Dites aussi, avec M. Littré, qui fait autorité :

> *Un remoR éternel.*

Un os, des os. Prononcez : *un ŏz, des ŏ.*
Un seau d'eau. Prononcez : *un sŏ dŏ.*

T

T initial a toujours le son qui lui est propre : *table,
tigre, trésor,* etc.

Au milieu des mots, le *t* conserve également sa prononciation ; mais lorsqu'il est suivi d'un *i*, il se prononce *ti* ou *ci* (1).

EXEMPLES :

« Nous acceptions. . . . . des acceptions.
Nous adoptions. . . . . des adoptions.
Nous affections. . . . . des affections.
Nous contractions. . . . des contractions.
Nous désertions. . . . . des désertions.
Nous éditions.. . . . . des éditions.
Nous exceptions.. . . . des exceptions.
Nous exécutions.. . . . des exécutions.
Nous exemptions. . . . des exemptions.
Nous intentions. . . . . des intentions.
Nous inspections.. . . . des inspections.
Nous inventions. . . . . des inventions.
Nous notions.. . . . . des notions.
Nous options. . . . . . des options.
Nous portions . . . . . des portions.
Nous projections . . . . des projections.
Nous relations. . . . . des relations.

(1) « Le moyen âge écrivait *nacion*, *porcion* (dans Oresme).
Au lieu de garder cette orthographe qui nous permettait de con-
server au *t* un son unique, les latinistes rétablirent dans tous les
mots le *ti* latin : de là les inconséquences de prononciation telles
que les *éditions* et *nous éditions*, nous *portions* des *portions*, etc. »
Aug. Brachet.

» L'articulation forte *ti*, est toujours sur les verbes, et la douce *ci*, sur les substantifs (1). »

Le Titien et *partition* réunissent les deux prononciations.

T final est nul dans *atout*, *août* (oût), *chat-huant* (cha-huan), *alphabet*, *archet*, *bouquet*, *cachet*, *est* (verbe), *farfadet*, *fouet*, *juillet*, *objet*, *poulet*, *sorbet*, *sujet*, *acquit*, *bandit*, *conflit*, *conscrit*, *délit*, *écrit*, *esprit*, *interdit*, *lit*, *maudit*, *proscrit*, *petit*, *sanscrit*, etc.

Dans les mots suivants : *aspect*, *respect*, *suspect*, etc., on fait sonner le *c* et on le lie avec le mot suivant, quand il y a lieu, mais on ne fait jamais sentir le *t*. Prononcez : *l'aspek de ces montagnes*, *respec kà la vertu*, *respec kumain*.

Au contraire, *t* final sonne dans *abject*, *accessit*, *contact*, *correct*, *dot*, *direct*, *déficit*, *est*, *ouest*, *fat*, *granit*, *exact*, *mat*, *infect*, *knout*, *lest*, *net*, *prétérit*, *rapt*, *rit*, *soit*, *subit*, *strict*, *tact*, *tacet*, *toast* (tost), *transit*, *vivat*, *whist*, *sot*.

Dans la colère, articulez fortement le *t* dans le mot *sot*. Hors ce cas, dites : *c'est un só*.

Dans les *Dragons de Villars* :

Le paysan m'aura, j'espère,
Offert ici son meilleur vin...

Il ne faudrait pas, selon la règle et le goût, lier le *t*; mais, à cause du personnage et de ses allures soldatesques, on peut dire exceptionnellement : *Offer t-ici...*

(1) P.-C. Pontis.

U

Dans les mots suivants, appuyez légèrement sur l'*u*, et prononcez comme si c'était écrit ainsi : *aigu-ille, aigu-iser, Gu-ise, Guido, sangu-inaire.*

U précédé d'un *q*... (Voyez la lettre Q.)

Lorsqu'on veut détacher l'*u* de la voyelle qui le précède, on met un tréma sur l'*u* : *Esa-ü, Sa-ül,* etc.

V

Rien à dire de la lettre *v*, sinon que le son qui lui est propre ne varie jamais.

X.

X initial a le son de *gz* dans *Xavier, Xénophon, le Xante, Xanthippe, Xerxès.* Toutefois *Xaintrailles* se prononce *Saintrailles.*

Il a le son de *ss* dans *Auxerre, Auxonne* et *Bruxelles.*

X final est nul dans *crucifix, perdrix, prix, flux* et *reflux.* Au contraire, il sonne dans *larynx, lynx, pharynx, Pollux, silex, Sphinx, Styx,* etc.

X final est nul dans les terminaisons en *aux* : *bestiaux, chevaux, égaux, faux, travaux, vitraux,* etc. ; mais, suivi d'une voyelle, il se lie, et dans ce cas l'*x* a la sonorité du *z.* Prononcez : *chevau z-agiles, fau z-amis,* etc.

X a le son de *s* dans *six, dix,* et celui de *z* dans *deuxième, sixième, dixième.*

Y

Y a le son de l'*i* simple lorsqu'il est initial ou qu'il est employé comme adverbe ou pronom ; mais, placé entre deux voyelles, il a le son de deux *ü* dont le dernier forme diphtongue. Ainsi, *abbaye, essayer, payer, loyal, royal, voyons,* se prononcent comme s'il y avait : *abbai-ie, essai-ier, pai-ier, loi-ial, roi-ial, voi-ions.*

Gardez-vous de dire : *attendez-m'y, attendez-moi-z'y, attendez-y-moi.* Dites : *vous m'y attendrez, veuillez m'y attendre.*

Z

En France, cette lettre a le son de l's affaiblie, tandis que chez les Grecs, chez les Italiens, sa véritable prononciation est : *tz* ou *dz.*

Z final sonne comme un *s* dans les noms propres. *Alvarez, Booz, F. Cortez, Juarez, Metz, Rodez, Suez,* etc. Partout ailleurs, il a le son qui lui est propre et s'articule avec douceur : *allez-y, donnez-en.*

W

Cette lettre n'est employée en français que dans quelques mots seulement empruntés aux langues du Nord.

Le *w* a le son de *v* dans les mots allemands, et celui de *ou* dans les mots anglais : *Wagram, William,* Prononcez : *Vagram, Ouilliam.*

Le double *w* n'existe pas dans la langue russe.

MOTS ÉTRANGERS.

ITALIE.

Quand on applaudit un virtuose : *bravo !*
Quand on applaudit une cantatrice : *brava !*

ESPAGNE ET PORTUGAL.

Señor, Señora. Prononcez : *Ségnor, Ségnora.*

ANGLETERRE.

Lady, milady. Prononcez : *lèdy, milèdy.*
Steam-boat. Prononcez : *Stïm-bot.*
Steamer. Prononcez : *Stimeur.*
Shakespeare. Prononcez : *Chékspir.*

C'est sans doute le nom de Shakespeare qui donna l'idée au facétieux auteur de la *Sylphide* de mettre sur ses cartes de visite :

SCHENEITZHOEFFER

Prononcez : Bertrand.

TROISIÈME PARTIE

CHAPITRE PREMIER.

RÉFLEXIONS :

1° Sur la diction et la prononciation ; 2° sur l'articulation et la prosodie appliquées au chant.

Tout ce que nous voulions dire en commençant cet opuscule, nous l'avons dit, et si nous n'envisagions que le côté technique de ce travail, nous n'aurions plus rien à y ajouter; notre tâche serait terminée. Mais, en fouillant dans nos souvenirs, nous nous sommes rappelé que nous avions publié dans le temps quelques articles critiques ayant trait à des questions purement artistiques. Or, deux de ces articles ne sont pas étrangers à notre sujet ; au contraire, il y a entre eux et les matières dont nous nous occupons en ce moment une connexité qui n'échappera pas au lecteur : c'est pourquoi nous demandons la permission de les reproduire ici, persuadé qu'ils feront meilleure figure à cette place que dans le recueil où ils sont insérés.

Le ton général de cette brochure prouve que nous

n'avons pas renié notre passé; aussi, cette troisième
partie de notre travail s'adresse-t-elle particulièrement
aux artistes dramatiques, lesquels, s'ils veulent bien
prendre la peine de nous lire jusqu'au bout, puiseront
plus d'un enseignement dans notre traité de prononciation.

« C'est une observation que j'ai entendu faire par un
comédien, qui avait de l'esprit et de la culture, et qui
lisait singulièrement bien, que dans le langage animé,
surtout dans le langage ou poétique ou oratoire, il y a
toujours des mots frappants, où la force du sens ré-
side; et que c'est sur ces mots que doit appuyer l'expression. En effet, rien ne l'affaiblit tant que de la
prodiguer; et, de même que, dans un morceau d'élo-
quence ou de poésie, un homme intelligent ne cherche
pas à faire tout valoir, de même, dans un vers ou
dans une période, il n'affectera pas de faire tout sentir.

» Il arrive pourtant quelquefois que, par la vanité
de faire tout valoir, ou dans les vers ou dans la prose,
l'acteur pèse sur tous les mots; et sa diction, à la fois
maniérée et monotone, produit un effet contraire à celui qu'il s'est proposé : il articule tout, et ne distingue
rien; ses couleurs n'ont plus de nuances, nul ombre
ne les fait briller : il veut que tout soit en relief; et il
relève tout si bien, qu'il n'y a plus rien de saillant (1). »

Personne n'ignore, en effet, combien il est difficile
d'acquérir une bonne diction; car, pour bien dire, il
faut au préalable posséder une bonne prononciation;

(1) M. Marmontel.

aussi, de tout temps les artistes se sont-ils efforcés d'épurer leur accent et de donner de la souplesse à tous les organes qui concourent à la formation de la parole articulée. Néanmoins, à l'arrivée de Duprez, une sorte d'émulation s'empara de tous les esprits, et si, parmi les émules du grand artiste, plusieurs d'entre eux firent fausse route et ne lui empruntèrent que ce que sa méthode avait de dangereux, beaucoup d'autres, plus intelligents, tâchèrent de l'imiter dans ce que son accentuation et sa belle diction avaient de magistral.

Duprez connaissait à fond toutes les ressources de son art, toutes les *ficelles* du métier, pour nous servir d'une expression en usage au théâtre, et, pour ne parler que d'un artifice dont il usait souvent, il excellait à lancer une note élevée à l'aide d'une consonne explosible, comme dans *père*, *mère*, *jamais*, et leurs similaires, qu'il prononçait comme si ces mots eussent été écrits ainsi : *ppère*, *mmère*, *jammais*, etc.

Ce procédé avait bien un inconvénient, et si cette manière d'articuler paraissait admirable lorsqu'on était placé au fond du parterre, en revanche elle était réellement défectueuse lorsqu'on était assis aux stalles d'orchestre. Ainsi, dans le quatrième acte de *Guillaume Tell*, lorsque Duprez chantait l'air suivant, l'on entendait positivement :

> Asile héréditaire,
> Où mes yeux s'OUFRIRENT au CHOUR.
> Hier encor ton abri tutélaire
> Offrait un père à mon amour.

Cʜ'ᴀᴘᴘᴇʟʟᴇ ᴇn ғᴀɪɴ (en vain), ᴛᴏᴜʟᴇᴜʀ amère !
Ch'appelle, il n'entend plus ma ғᴏɪx !
Murs chéris, qu'ʜᴀᴘɪᴛᴀɪᴛ mon père,
Cʜᴇ viens vous voir pour la ᴛᴇʀɴɪᴇʀᴇ fois !

Ce n'était pas sans intention, évidemment, que Duprez prononçait ainsi. Il agissait à la manière du peintre décorateur qui écrase son pinceau sur la toile pour produire une fleur : de près, c'est un pâté de couleurs; de loin, l'illusion est complète, c'est un œillet, une rose, etc.

A cette même époque, Michelot, professeur de déclamation spéciale au Conservatoire de musique, mais dont la clientèle se composait plus spécialement d'artistes lyriques; Michelot, disons-nous, renchérit, à un autre point de vue, sur Duprez, et tenta sérieusement, mais en vain, une révolution lyrico-grammaticale. Il voulait qu'on passât sous silence, dans un morceau de chant, la terminaison des rimes féminines, prétendant qu'il était illogique qu'on prononçât d'une manière en chantant et d'une autre en parlant.

Nous nous souvenons encore, comme si c'était hier, du succès négatif qu'un de ses élèves obtint au Conservatoire à la répétition générale du *Comte Ory*, à l'occasion d'un exercice trimestriel.

Il chanta, au grand ébahissement d'Habeneck, chargé de la direction de l'orchestre :

Que les destins prospè-er,
Accueillent vos prier;
La paix du ciel, mes frè-er ;
Soit toujours avec vous.

Michelot, du reste, n'errait que sur un seul point; mais, à côté de cette défaillance de son enseignement, quels résultats l'élève n'était-il pas en droit d'espérer sous la direction d'un tel maître !

L'initiative de la révolution que Michelot rêvait ne pouvait être prise par les chanteurs, ceux-ci étant forcés, sous peine des critiques les plus sévères, de rendre textuellement ce qui est écrit; aussi ces innovations ne seront-elles praticables que lorsque les auteurs et les compositeurs voudront bien écrire leurs œuvres en conséquence. Jusque-là toute tentative serait dangereuse, pour ne pas dire impossible.

Cette difficulté de faire marcher exactement ensemble la poésie et la musique mettait Michelot hors de lui : il sentait alors, il avait deviné, ce que Castil-Blaze a si bien expliqué depuis dans son opuscule : *Sur l'Opéra français*.

Mais qu'est-ce que cela, en comparaison des mots amphibologiques dont nos opéras français fourmillent, et dont la consonance blesse à la fois l'oreille et le goût :

« Et mes troupeaux PAÎTRONT parmi les fleurs ! »

« Les pauvres T'ONT DÛ leur bonheur. »

« Prends ce papier ET SUIS-MOI, cher ami. »

« MA COLÈRE EST... extrême. »

« Ce monde INGRAT ET DUR... »

« INGRATE ! ET MOI, sous les maux je succombe ! »

« Pour la conduire en POMPE EN son logis. »

« La fille du roi même... »

« MA ROSE ET VOUS... »

« L'amour a VAINCU LOTH. »

Nous en passons, et des meilleurs.

La prose, du reste, ne le cède point à la poésie, et nous nous souvenons d'avoir lu dans un journal sérieux qui se publiait à Bordeaux :

« X..., qui s'était évadé des prisons d'Agen, a été appréhendé par la gendarmerie de Cadillac au moment où il satisfaisait certain besoin : le malheureux n'avait pas... de papiers. »

Mais, trêve de digressions ; fermons la parenthèse et, sans plus tarder, rentrons dans le cœur de notre sujet.

Dans le courant de l'année 1840, Poultier, élève de Michelot pour la déclamation et de Ponchard pour le chant, ayant débuté à l'Opéra, provoqua un mouvement de surprise, lorsque, dans le duo du second acte de *Guillaume Tell*, il prononça :

Ma présence pour vous est peut-être ün outrage?

Michelot faisait dire aussi :

Ün ange, une femme inconnu-u-u.

D'un père, d'ün époux, respecte la souffrance!

Mais une autre anomalie, non moins étrange, c'est que, quelques années auparavant, alors que Michelot était encore au théâtre, le mot DÉSIR se prononçait de quatre manières différentes sur la scène de la Comédie française, qui d'ordinaire fait loi en matière de prosodie.

Le personnel tragique, Ligier excepté, prononçait *le désir* ; celui de la Comédie, Mlle Mars en tête, *le désir* ; Mme Desmousseaux, *le d'sir* ; et Michelot *le désir* et *le desir*, selon le cas. Exemple :

Le *désir* de chanter...

Le *desir* d'éviter...

Michelot aurait fait une horrible grimace si quelqu'un eût dit devant lui : « Le desir de devenir... » Cette succession d'e muets eût considérablement blessé la susceptibilité de son oreille.

Certes, dans l'enseignement de Michelot, comme dans la méthode de Duprez, il y avait à prendre et à laisser ; il fallait savoir faire un choix ; mais en quoi le premier excellait, c'était lorsque, vous montrant les règles de la prosodie française, il vous faisait toucher du doigt les fautes dont nos œuvres lyriques foisonnent, et vous prouvait qu'avec un peu de soin et en choisissant ses mots, un chanteur habile ou seulement intelligent pouvait faire un chef-d'œuvre de prosodie d'un morceau émaillé jusque-là de coq-à-l'âne et d'expressions amphibologiques.

CHAPITRE II.

L' « ART DU CHANT ET L'ÉCOLE ACTUELLE. »

Tel est le titre d'un livre que nous avons lu avec une attention soutenue, parce qu'il contient d'excellentes choses, bien pensées et clairement énoncées.

Dans le chapitre XI, intitulé : *De la prononciation dans le chant*, l'auteur, M. Charles Delprat, s'exprime ainsi :

« Quant à la prononciation elle-même, j'éprouve,
» je l'avoue, quelque embarras à définir par le raison-
» nement une chose que l'on doit directement appren-
» dre d'un bon maître. On a, je crois, beaucoup écrit
» sur ce sujet, mais je ne connais rien, ou à peu près
» rien, de ce qu'on a dit là-dessus. Ce que j'en sais,
» je l'ai appris à l'école du professeur par excellence,
» de Ponchard lui-même, qui a été un modèle parfait
» dans l'art de bien dire en chantant.

. . . .

» Pour être bien compris, bien entendu dans une
» grande salle, on doit altérer légèrement la pronon-
» ciation des syllabes à double détente ; ainsi, par
» exemple, dans les phrases suivantes :

» S'empresse à flatter mes désirs.

» La mer qui brise sur la plage.

» Plaisirs du rang suprême,
» Eclat de la grandeur.

» On doit plus ou moins faire entendre :

» S'empᴇresse à fᴇlater mes désirs.

» La mer qui bᴇrise sur la pᴇlage.

» Pᴇlaisir du rang supᴇrême,
» Ekᴇlat de la guᴇrandeur. »

Cette fois, il faut bien le dire, M. Charles Delprat s'est trompé, et il est facile de voir — il en convient du reste — que cette question, *De la prononciation dans le chant*, ne lui est point familière, et que, s'il l'a abordée, c'est pour l'acquit de sa conscience, et parce qu'il y était sollicité par le titre même de son livre, qui l'obligeait en quelque sorte à traiter son sujet sous toutes ses faces.

Non, mille fois non, il ne faut pas prononcer « s'em-pɛresse, fɛlater, pɛlaisir, ékɛlat, etc. » Nous plaindrions sincèrement le chanteur qui serait assez... naïf pour adopter cette nouvelle manière de prononcer, laquelle donnerait plus de syllabes que le compositeur n'aurait écrit de notes, et qui, dans un morceau syllabique chanté *allegro*, produirait une véritable cacophonie.

Dans son livre, *A travers chants*, Berlioz reproche à l'auteur des paroles du *Pré-aux-Clercs* d'avoir fourni à Hérold, pour l'un de ses plus jolis morceaux, un abominable vers de treize pieds, faute de tenir compte de la non-élision de la fin du premier vers avec le commencement du second.

> C'en est fait, le ciel même
> A reçu nos serments;
> Sa puissance suprême
> Vɪᴇɴᴛ d'unir deux amants.

« L'ensemble des deux premiers vers, — s'écrie Berlioz, — grâce à l'élision qui les unit, fait bien douze syllabes pour le musicien, mais l'ensemble des deux autres en forme évidemment treize; l'élision ne

pouvant avoir lieu entre suprême et vient, et il résulte
de cette syllabe surnuméraire l'obligation d'ajouter dans
la musique une note qui dérange l'ordonnance de la
phrase et produit un petit soubresaut des plus disgra-
cieux. Voilà de la barbarie. »

Or, avec le système de prononciation de M. Charles
Delprat, ce ne sont pas treize pieds qu'auraient les
deux vers incriminés par Berlioz; ils en auraient quatorze :

> Sa pré-sen-ce su-pe-ré-me
> Vient d'u-nir deux amants.

Elève de la classe de Ponchard, le premier concours
de chant auquel nous prîmes part au Conservatoire
eut lieu dans l'air de *Joseph;* mais est-il besoin de
dire que l'illustre maître n'eut garde de nous faire
prononcer :

> Vainement, Pharaon, dans sa reconnaissance,
> S'empresse à flater mes désirs?

Ponchard n'était pas seulement un admirable chanteur; c'était aussi un puriste dans l'acception vraie
de cette appellation, donnant à chaque mot la valeur
qui lui était propre, et possédant à fond l'art de faire
entendre distinctement les paroles des morceaux qu'il
chantait; aussi, Mme Damoreau-Cinti, appréciant les
brillantes qualités du maître, a-t-elle pu dire, dans sa
méthode de chant, en s'adressant à ses jeunes élèves :
« Ecoutez Ponchard, et vous saurez tout ce qu'on

peut gagner de charme à ne pas faire perdre une syllabe à ses auditeurs. »

Mais, revenons à l'œuvre de M. Charles Delprat, et disons, en nous résumant, que si jamais le système de prononciation qu'il préconise dans son livre était adopté dans une école de chant, — ce qui n'est pas admissible, — il faudrait le déplorer, car, loin de rendre le débit plus clair, plus compréhensible, l'emploi de syllabes parasites empêtrerait l'articulation et compromettrait le succès d'une belle diction.

CHAPITRE III.

LE CONTRE-SENS.

La Dame Blanche.

Que penseriez-vous, ami lecteur, d'un homme qui, vous voyant habillé en sous-lieutenant d'infanterie, vous adresserait cette question : « Votre état ? votre état ?... »

Vous vous diriez tout naturellement que cet homme est aveugle ou fou, n'est-ce pas ?

Eh bien ! c'est là pourtant ce qui a lieu généralement dans le premier acte de la Dame Blanche.

Cela tombe sous le sens : Georges Brown, sous-lieutenant d'infanterie, doit entrer en scène enveloppé de son manteau et ne se découvrir que lorsque Dikson lui demande quel est son état.

Hélas ! le mauvais exemple vient de haut. Nous nous souvenons, en effet, d'avoir vu un premier sujet du théâtre de l'Opéra-Comique, entrer en scène portant le manteau plié sur le bras.

Ce n'est pas Roger qui aurait commis cette faute-là.

Le Comte Ory.

Il arrive parfois que des artistes peu intelligents prennent au pied de la lettre certaines paroles du libretto, ou que, novices à la scène, le geste, l'accent et la physionomie soient impuissants à rendre leur pensée.

Ainsi, dans le *Comte Ory*, nous avons vu un *basso* se rengorger et chanter sérieusement :

Quel honneur d'être gouverneur !

Or, le sens littéral de ce vers est celui-ci : Quel affreux métier ! être obligé, à mon âge, de suivre par monts et par vaux le comte Ory, mon élève, un coureur d'aventures ! un mauvais sujet ! un débauché !

Il y a loin, comme on voit, de cette pensée à celle dont nous parlions tout à l'heure, prise au sérieux et chantée avec emphase.

La Juive.

Si, avant d'apprendre un rôle, les chanteurs consultaient le libretto de l'opéra qui est en répétition, ils y trouveraient des indications précieuses et ne seraient pas si sujets à faillir.

Dans le premier acte de la *Juive*, le passage suivant, d'après le libretto, doit être dit « *à part*, en regardant la maison de Rachel » :

Attendons le moment de reparaître ici.

Contrairement à cette indication, que de fois nous avons vu Léopold prendre Albert pour confident et chanter le passage en question à haute voix !

Dans le duo du deuxième acte, — cette fois, c'est le musicien qui a tort, — nous n'avons jamais compris la scène de *tapage nocturne* qui a lieu entre Léopold et Rachel, tandis qu'Eléazar prie « le Dieu de Jacob » dans la chambre voisine.

Lucie de Lammermoor.

Dans le deuxième acte de *Lucie*, ces mots : « Approche ! » s'adressent à Arthur et non point à Lucie (lisez le libretto), et c'est en réponse à cette invitation que lord Arthur s'écrie : « O doux moment ! »

L'habitude est prise, et la routine aidant, l'on ne changera rien à ce qui se fait, nous le savons ; mais de quel droit fait-on juste le contraire de ce qu'a voulu l'auteur du libretto, et pourquoi ne respecte-t-on pas *l'idée première*, celle du poète ?

Le Caïd.

Tout le monde sait, au théâtre, que le rôle de Biroteau, coiffeur gascon, dans le *Caïd*, a été écrit pour les débuts d'un artiste toulousain, M. B***. Or, le croi-

rait-on? Généralement, ce n'est pas le langage de Biroteau qui est entaché d'accent gascon ; non : c'est
Michel, le beau tambour-major, qui gasconne.

C'est là un contresens qui a cours sur les théâtres
de province et qui ne devrait pas être toléré.

Le Barbier de Séville.

Dans le premier acte du *Barbier de Séville*, le comte
Almaviva, déguisé, chante le morceau suivant sous le
balcon du docteur Bartholo, en s'accompagnant de la
guitare :

> Des rayons de l'aurore
> L'horizon se colore,
> Et celle que j'adore
> Est loin de mes yeux.
> Etc., etc.

Pour imiter les accords de la guitare, qui sont cen-
sés se produire sur la scène, les violons de l'orchestre
exécutent des *pizzicati* qui cessent après *l'andante*, au
mot : *arco*.

La sérénade se termine là, et les paroles qui suivent
s'adressent à Pédrille et aux musiciens que ce dernier
a recrutés pour la circonstance. Néanmoins, nous
avons vu et entendu des ténors légers *di primo cartello*
et autres, qui continuaient de s'accompagner sur la
guitare, en chantant :

— Silence...

— Drin, drin, drin, drin !

— A sa fenêtre...

— Drin, drin, drin, drin !

— Je vais la voir paraître.

— Drin, drin, drin drin !

Et ce contresens se manifestait jusqu'à la fin de l'*allegro*, bien que les *pizzicati* des violons eussent cessé depuis longtemps de se faire entendre à l'orchestre.

Pas de commentaires, n'est-ce pas ?

Dans le même ouvrage, au finale du deuxième acte, presque tous les ténors-légers qui chantent le rôle d'Almaviva semblent s'être donné le mot pour commettre un contresens. Dans cette scène, le lazzi traditionel consiste pour Almaviva, déguisé en soldat, à détacher de son feutre le billet de logement qui s'y trouve fixé sous la forme d'un A, et à le placer sur le front de Bartholo sous la forme d'un V. Telle est la tradition, d'après Beaumarchais. Au lieu de cela, que voyons-nous ? L'amant heureux entre en scène le chef orné d'un attribut allégorique (le billet de logement sous la forme d'un V), appendice cornu, qui est l'emblème des maris trompés. Voilà le contresens... aussi fréquent au théâtre que l'anachronisme lui-même.

Les Huguenots.

Au deuxième acte des *Huguenots*, Raoul, les yeux bandés, est amené au château de Chenonceaux, où règne en souveraine Marguerite de Valois, fiancée de Henri IV.

Le voile tombe, et quel est le premier objet qui s'offre à la vue de Raoul ? C'est la future reine de Navarre, alors dans tout l'éclat de la jeunesse et de la beauté.

Après avoir contemplé, admiré la grâce et les charmes de la princesse, le jeune huguenot, de sa voix la plus tendre, adresse directement à l'altesse royale le compliment que voici :

. . . . Où suis-je ?
De mes yeux éblouis, n'est-ce pas un prestige?

Vous croyez peut-être, ami lecteur, que dans la scène en question, le premier mouvement de la plupart des Raouls modernes est de rendre hommage à la beauté ? Détrompez-vous ; ils ne s'aperçoivent même pas que Marguerite de Valois est en leur présence. Ils admirent le château de Chenonceaux et ses vertes pelouses, ses arbres de haute futaie, le grand escalier et le fleuve qui serpente en perspective au fond du théâtre, et, le regard trahissant les sentiments dont ils sont animés, et le geste ici arborant pavillon pour la pensée, ils s'écrient, dans leur admiration pour *la belle nature* :

. . . . Où suis-je ?
De mes yeux éblouis, n'est-ce pas un prestige?

Lorsque, d'une voix émue, on fait l'application de ces paroles flatteuses à la beauté, et que cette fine allusion est favorablement accueillie par la personne à qui elle s'adresse, cette scène de respectueuse galanterie ne passe pas inaperçue et prépare admirablement l'entrée en matière du duo qui suit.

Robert le Diable.

Est-ce bien l'appellation de *contresens* qui est applicable à ce qui va suivre ? Et pourtant, quel nom donner à la plus belle scène de *Robert le Diable*, — celle de la croix, au troisième acte, — telle qu'elle est représentée !

A un moment donné, Alice, l'ange du bien, s'élance dans la caverne où ont lieu les ébats infernaux des démons, et où elle surprend les secrets de Bertram l'ange du mal.

Folle de terreur, éperdue, et suivie de près par Bertram, Alice revient sur ses pas et tombe évanouie au pied de la croix.

Elle reprend enfin ses sens; mais à l'effroi que lui inspire la présence de Bertram, celui-ci soupçonne la jeune fille d'avoir pénétré le mystère dont il s'environne.

— Qu'as-tu vu ? demande Bertram.

— Moi ? rien, répond Alice.

— Qu'as-tu donc entendu ?

Ici, le geste, la voix, la physionomie, le regard, l'attitude même, tout, de la part de Bertram, doit tendre à une seule fin : savoir si la jeune fille a surpris son secret.

Celle-ci, plus effrayée que jamais, se réfugie au pied de la croix, lieu sacré, inaccessible au démon, et de là elle défie son adversaire :

Le ciel est avec moi, je brave ta colère !

Affolée par les clameurs et les menaces du réprouvé, fascinée par son regard satanique, la jeune fille, inconsciente, s'éloigne du signe rédempteur, du lieu sacré où elle a trouvé un refuge inviolable.

O chance inespérée ! Bertram devrait alors s'élancer victorieusement entre la jeune fille et la croix, et, par un jeu de physionomie expressif, laisser voir la joie infernale qu'il éprouve de son triomphe ; car désormais Alice est perdue, le charme est rompu, et la croix, son égide, ne la protégera plus et ne lui sera d'aucun secours.

A partir de ce moment, la situation n'est pas la même ; néanmoins, par une anomalie inconcevable, le sens poétique et musical est marqué du signe interrogatif.

Est-ce à cette particularité qu'il faut attribuer le manque de conviction que l'on remarque dans cette scène chez la plupart des artistes chargés d'interpréter le rôle de Bertram ? Nous serions tentés de le croire. Cependant, le doute n'est pas possible : cette fois, Bertram n'interroge plus ; au contraire, sa voix est impérative, son geste affirmatif, et, s'adressant à Alice, il dit, en appuyant sur chaque note : Tu as surpris mon secret, je le sais ; mais

> Tu n'as rien vu,
> Rien entendu,
> Sinon... la mort !

Résumons-nous. La première partie du célèbre duo en question doit être dite en quelque sorte sans voix et d'un regard particulièrement scrutateur ; la fin, au contraire (reprise du même motif), doit être chantée et mimée d'une manière impérative ; enfin, quant à la passade où Bertram s'interpose entre la croix et Alice, « par vertu devenue sa complice », cette passade, disons-nous, doit être exécutée comme nous l'avons dit plus haut.

Notre appréciation sera-t-elle goûtée ? Un moraliste l'a dit : Les conseils ne font de plaisir qu'à ceux qui les donnent.

CHAPITRE IV.

L'ANACHRONISME.

I

Ce terme de chronologie exprime une erreur dans la supputation des temps, et principalement celle qui antidate un événement. Néanmoins, nous avons entendu des gens qui passent pour des puristes donner à ce mot une extension beaucoup plus large et l'appliquer non seulement à l'anachronisme vrai, mais encore au parachronisme et à tout ce qui constitue une erreur de date, que cette erreur se produise dans les lettres, dans les sciences, dans les arts, etc. C'est en nous autorisant de cet exemple que nous employons ce mot, dans le courant de ce chapitre, en lui laissant son acception la plus entendue.

II

A Mme Favart revient l'honneur d'avoir pris l'initiative dans la réforme apportée aux costumes de théâtre. Elle osa jouer un rôle de paysanne avec un jupon de bure, des sabots et les cheveux sans poudre, à une époque où les cámeristes et les servantes se montraient en scène avec des robes de soie, des souliers en satin, des brillants aux doigts, et la figure ornée de mouches, etc.

Après Mme Favart, citons Lekain et Mlle Clairon, qui, eux aussi, essayèrent de réformer ce que les costumes avaient de ridicule. Malheureusement, ils n'eurent point d'imitateurs, et l'on continua de voir au théâtre des Romains poudrés, des Grecques en paniers, César serré dans un bel habit de satin blanc, Andromaque en vertugadin, talons rouges, etc.

La révolution du costume, selon l'opinion commune, fut opérée simultanément par le célèbre peintre David et par Talma, et toutes les personnes versées dans l'histoire du théâtre connaissent le mot de Mme Vestris, lorsqu'elle vit ce dernier entrer en scène offrant la représentation exacte des héros qui figurent sur la colonne Trajane : « Oh ! qu'il est drôle ! il a l'air d'une statue antique ! »

Talma avait acquis des notions très étendues sur les costumes de l'antiquité, par la fréquentation des peintres, des sculpteurs, des antiquaires et des savants. David lui donna d'excellents conseils qu'il mit en pratique, et souvent ils se livrèrent ensemble à des recherches pénibles, dont les résultats furent immenses pour l'art théâtral.

Plus tard, bien des essais de réforme furent encore tentés. Ainsi le 15 janvier 1829, jour anniversaire de la naissance de Molière, les sociétaires de la Comédie

française, comprenant enfin que les Elmire et les Céli-
mène à *manches à gigot* avaient fait leur temps, se dé-
cidèrent à représenter le *Tartufe* avec les costumes de
l'époque. Ce fut Mlle Mars qui, en cette circonstance,
provoqua cette heureuse innovation.

« Ne voyons-nous pas encore aujourd'hui sur nos
théâtres l'inverse de ce qui se pratique dans la société
réelle, où les habits de forme surannée sont portés par
les pères, par les vieillards, et les modes nouvelles par
les jeunes gens? Souvent il arrive, comme dans les
Fourberies de Scapin et ailleurs, que les Gérontes, que
les barbons portent un habit Louis XV, tandis que les
jeunes premiers, les amoureux sont vêtus ainsi que
l'étaient les beaux muguets au commencement du
règne de Louis le Grand.

» Et n'est-ce pas en 1831 ou 1832 que Louis-Philippe
fit jouer, sur le théâtre du château de Versailles, le
Misanthrope(1) avec les costumes vrai Louis XIV, dont
il fit présent à ses comédiens ordinaires (2)? »

Puisque, malgré les réformes dont nous venons de

---

(1) L'auteur de cette citation est ici mal servi par ses souvenirs : c'est en 1837, et non en 1832, que le *Misanthrope* fut joué
à la cour, lors des fêtes qui eurent lieu à l'occasion du mariage
du duc d'Orléans avec la princesse Hélène.

Nous ajouterons, comme détail curieux à enregistrer, que,
lorsqu'il s'agit, quelques jours après, de jouer cette pièce à Paris,
la censure, intervenant, s'opposa à ce qu'on mît sur l'affiche
du Théâtre-Français : Le *Misanthrope*, avec les costumes donnés
pour les fêtes de Versailles, et permit de mettre seulement : avec
les costumes de l'époque.   A. L.

(2) *Projet de réforme théâtrale en province*, par C. Destrem.

parler, l'anachronisme se maintient toujours sur les diverses scènes de Paris et de la province, il est évident qu'il sera difficile sinon impossible de l'extirper entièrement du théâtre, ici par l'ignorance des uns, là par la coquetterie mal entendue des autres, etc. ; aussi, si nous voulions citer tous les anachronismes dont nous avons été témoin, nous n'en finirions pas. Qu'il nous suffise d'en relever quelques-uns dont l'évidence manifeste ou l'originalité ont plus particulièrement attiré notre attention.

Dans la *Dame Blanche*, par exemple, l'anachronisme a tout envahi : les costumes y sont ridicules. L'action se passe peu de temps après la bataille d'Hastenbeck, qui eut lieu en 1757, pendant la guerre de Sept ans. Or, il est évident que Georges Brown, sous-lieutenant d'infanterie au service du roi Georges II, devrait porter le tricorne orné d'une cocarde noire, la perruque blanche, l'uniforme rouge, la botte molle, etc. Au lieu de cela, que voyons-nous, même à Paris ? Georges Brown est affublé d'un costume qui n'est d'aucune époque, et ses cheveux sont taillés à la mode du jour ; Gaveston est revêtu d'un habit à la Louis XIII, tandis qu'il devrait porter un costume du temps de Louis XV, etc. Tout cela est fort regrettable au point de vue historique ; aussi ne comprenons-nous pas que, lors de la reprise de la *Dame Blanche* qui eut lieu à Paris, en 1862, pour les débuts de M. Léon Achard, M. Perrin, alors directeur de l'Opéra-Comique, n'ait pas donné l'exemple d'une réforme que les théâtres de province se seraient empressés de suivre.

Mais, nous dira-t-on, le public est habitué à voir la

pièce habillée ainsi. Nous plaignons sincèrement ceux que cette raison peut satisfaire.

Il y a quelques années, nous avons vu jouer sur un théâtre de premier ordre un ouvrage dont la scène principale représentait Louis XIV attablé en compagnie de quelques seigneurs de sa cour, tous tête nue devant le Roi-Soleil. Or, tous les convives, au contraire, auraient dû être coiffés, sauf le monarque : ainsi le voulait l'étiquette du temps ; et si un gentillâtre, peu au courant des usages de la cour, eût oublié de se conformer à cette prescription du cérémonial, l'huissier de service aurait invité le délinquant à mettre son feutre en présence du roi. Nous voyons ailleurs qu'il n'en était pas de même à la cour de Philippe II, roi d'Espagne ; car, lorsque ce prince voulait honorer quelque noble étranger, il l'invitait gracieusement à se couvrir devant lui.

Dans le deuxième acte du *Pré-aux-Clercs*, lorsque l'ambassadeur de Navarre vient chercher la comtesse Isabelle de la part de Henri III, beaucoup de ténors-légers croient bien faire en se découvrant respectueusement devant la reine Marguerite. Ils se trompent. Mergy doit garder son toquet : c'était une prérogative que tout ambassadeur, dans l'exercice de ses fonctions, posséda jusqu'au commencement du règne de Louis XIV.

Le fait le plus original que nous ayons eu l'occasion de constater, pendant le cours de notre carrière artistique, s'est manifesté, non pas sur un théâtre, mais en pleine rue, et voici à quelle occasion.

Les créoles de la Nouvelle-Orléans ont conservé pour la mémoire de Lafayette, qui les aida à secouer le joug de la mère patrie, une sorte de culte religieux. Pour perpétuer le souvenir des services rendus à leur pays par notre compatriote, les Américains ont donné son nom à un régiment de la milice orléanaise, lequel régiment Lafayette est habillé comme l'étaient les soldats de l'indépendance en 1779.

Toutefois, l'uniforme des miliciens américains n'est pas complet; il y manque la perruque blanche. Or, voyez-vous d'ici l'effet que doit produire un régiment de douze cents héros portant l'uniforme à pans retroussés, le jabot, l'épée en travers, les bottes cirées à l'œuf, etc., sauf la poudre?

C'est d'un pittoresque à nul autre second, et il nous a été donné de voir ce spectacle étrange en Amérique, le jour de la fête commémorative de l'indépendance des Etats-Unis.

Les douze cents toisons blanches avaient pourtant été commandées et confectionnées; mais il paraîtrait que lorsque les miliciens américains s'en virent affublés, ils ne purent se regarder sans rire, et, saisissant les malencontreuses perruques par le catogan, ils se les envoyèrent réciproquement à la figure.

III

Dans un feuilleton de l'*Opinion publique*, M. Théodore Muret a publié dans le temps de très curieuses observations sur la cravate, la barbe et la moustache. Dans l'intérêt de nos lecteurs, nous croyons devoir reproduire ici un paragraphe de cet excellent article.

« Il est une faute que nous avons souvent l'occasion

dé remarquer dans les pièces qui se passent au siècle dernier : nous voulons parler de la cravate noire et de la moustache avec l'habit militaire. La cravate noire était alors tout à fait inconnue en France (1). Le simple soldat même portait le col en basin blanc ; quant à la moustache, elle n'était adoptée que dans les hussards, corps d'origine étrangère. Aucun officier ne la portait.

» Même sous l'Empire et la Restauration, la moustache n'était pas d'un usage universel dans l'armée. Examinez les batailles de Gros et de Gérard. Vous y verrez Napoléon entouré d'un cortège de maréchaux et de généraux parfaitement rasés comme lui.

» Quand le théâtre nous montre un officier de Louis XV ou de Louis XVI avec moustaches et cravate noire, il commet une faute de costume aussi forte que s'il nous faisait voir un militaire d'aujourd'hui avec cravate blanche et perruque poudrée. »

Beaucoup d'artistes, aujourd'hui, paraissent tenir infiniment à leur barbe et à leur moustache, et en ceci ils ressemblent très fort aux artistes d'autrefois. En 1839, nous nous souvenons d'avoir vu le ténor Mario de Candia, dans le *Comte Ory*, sur la scène de l'Opéra, déguisé en religieuse et portant toute sa barbe, qu'il s'efforçait de dissimuler avec sa guimpe. A Rouen, en 1843, le baryton Lafage, chargé d'interpréter le rôle de Barnabé dans le *Maître de chapelle*, fut obligé de ren-

(1) La cravate nous vient des Allemands ; elle fut remarquée pour la première fois le 18 mai 1636 sur des officiers français qui revenaient d'Allemagne, et les Croates, qu'on appelait communément *Cravates*, passent pour l'avoir inventée.   A. L.

trer dans la coulisse, le public lui ayant intimé l'ordre de faire disparaître au plus vite sa moustache et son impériale; lesquelles contrastaient d'une manière choquante avec l'habit Louis XV et la perruque poudrée.

Il n'est, du reste, si mince détail au théâtre dont l'oubli ne constitue parfois une faute. Nous en trouverions la preuve au besoin dans la manière dont la plupart des artistes distribuent sur leur visage les mouches qu'ils placent au hasard, sans discernement et sans en connaître la véritable signification.

« Sous le règne de Louis XV, poser une mouche était une difficulté extrême; il fallait une longue pratique de la vie pour déterminer la partie du visage qui devait, par cet ornement, attirer l'œil et subjuguer un cœur. Comme tout ce qui appartient à la femme, il n'y avait à cet égard aucune règle fixe : les points variaient avec le caractère et la nature physique du sujet. Toutefois, on reconnaissait en général neuf manières particulières de placer les mouches. Les voici :

1º La passionnée la portait au coin de l'œil;

2º La majestueuse presque au milieu du front;

3º L'enjouée sur le bord de la fossette que forme la joue quand elle rit;

4º La galante au milieu de la joue;

5º La gaillarde sur le nez ;

6º La coquette sur les lèvres;

7º La prude sur la pommette;

8º La discrète au-dessous de la lèvre inférieure, vers le menton.

9° La voleuse sur un bouton (1)! »

IV

Pendant que nous y sommes, qu'on veuille bien nous permettre encore quelques observations; nous n'abuserons pas de la patience du lecteur.

Bien des personnes s'imaginent que le deuil, chez les femmes, a été porté en noir de tout temps. C'est encore là une erreur. Ce fut Anne de Bretagne, veuve du roi Charles VIII, qui, la première en France, prit le deuil en noir; jusque-là il avait toujours été porté en blanc.

Lorsque le peintre Hippolyte Flandrin fut chargé d'exécuter les peintures murales de l'église de Saint-Vincent-de-Paul, à Paris, dans l'orgue que touche sainte Cécile, il plaça les tuyaux graves à droite et les tuyaux aigus à gauche. Plus d'un organiste, voire même un célèbre facteur d'orgues, — à ce que prétend M. Félix Clément (2), — virent un acte d'ignorance dans cette disposition, qui attestait, au contraire, des profondes études de l'artiste chrétien. En effet, dans les anciens manuscrits, on trouve plusieurs représentations d'orgues offrant la disposition adoptée par Hippolyte Flandrin.

Ce que nous venons de dire de l'anachronisme en

(1) Cette citation nous ayant paru dans le temps mériter les honneurs des ciseaux, nous nous trouvons aujourd'hui dans l'impossibilité de la restituer à son auteur.   A. L.

(2) Maître de chapelle et organiste de la Sorbonne et du collège Stanislas.

général prouve une fois de plus que, pour réussir dans les arts, le talent ne suffit pas : il faut encore être instruit, l'artiste étant sujet à faillir lorsqu'il n'est point soutenu par de fortes études.

TABLE DES MATIÈRES

TROISIÈME PARTIE.

CHAPITRE PREMIER.

CHAPITRE II.

CHAPITRE III.

CHAPITRE IV.